AF671088

Tucholsky Wagner Zola Scott Sydow Fonatne Freud Schlegel
Turgenev Wallace
Twain Walther von der Vogelweide Fouqué Friedrich II. von Preußen
Weber Freiligrath
Frey
Fechner Fichte Weiße Rose von Fallersleben Kant Ernst Richthofen Frommel
Hölderlin
Fehrs Engels Fielding Eichendorff Tacitus Dumas
Faber Flaubert
Feuerbach Maximilian I. von Habsburg Fock Eliasberg Zweig Ebner Eschenbach
Ewald Eliot Vergil
Goethe London
Mendelssohn Balzac Shakespeare Elisabeth von Österreich Ganghofer
Lichtenberg Rathenau Dostojewski
Trackl Stevenson Hambruch Doyle Gjellerup
Mommsen Tolstoi Lenz
Thoma Hanrieder Droste-Hülshoff
Dach Verne von Arnim Hägele Hauff Humboldt
Reuter
Karrillon Garschin Rousseau Hagen Hauptmann Gautier
Damaschke Defoe Hebbel Baudelaire
Descartes
Wolfram von Eschenbach Hegel Kussmaul Herder
Darwin Dickens Schopenhauer Rilke George
Bronner Melville Grimm Jerome
Campe Horváth Aristoteles Bebel Proust
Bismarck Vigny Gengenbach Barlach Voltaire Federer Herodot
Heine
Storm Casanova Lessing Tersteegen Gilm Grillparzer Georgy
Chamberlain Langbein Gryphius
Brentano
Strachwitz Claudius Schiller Lafontaine Kralik Iffland Sokrates
Katharina II. von Rußland Bellamy Schilling
Gerstäcker Raabe Gibbon Tschechow
Löns Hesse Hoffmann Gogol Wilde Gleim Vulpius
Luther Heym Hofmannsthal Klee Hölty Morgenstern
Roth Heyse Klopstock Kleist Goedicke
Luxemburg Puschkin Homer Mörike
La Roche Horaz Musil
Machiavelli Kierkegaard Kraft Kraus
Navarra Aurel Musset
Nestroy Marie de France Lamprecht Kind Kirchhoff Hugo Moltke
Nietzsche Nansen Laotse Ipsen Liebknecht
Marx Ringelnatz
von Ossietzky Lassalle Gorki Klett Leibniz
May
vom Stein Lawrence Irving
Petalozzi
Platon Knigge
Sachs Pückler Michelangelo Kafka
Poe Liebermann Kock
de Sade Praetorius Mistral Zetkin Korolenko

Der Verlag tredition aus Hamburg veröffentlicht in der Reihe **TREDITION CLASSICS** Werke aus mehr als zwei Jahrtausenden. Diese waren zu einem Großteil vergriffen oder nur noch antiquarisch erhältlich.

Symbolfigur für **TREDITION CLASSICS** ist Johannes Gutenberg (1400 — 1468), der Erfinder des Buchdrucks mit Metalllettern und der Druckerpresse.

Mit der Buchreihe **TREDITION CLASSICS** verfolgt tredition das Ziel, tausende Klassiker der Weltliteratur verschiedener Sprachen wieder als gedruckte Bücher aufzulegen – und das weltweit!

Die Buchreihe dient zur Bewahrung der Literatur und Förderung der Kultur. Sie trägt so dazu bei, dass viele tausend Werke nicht in Vergessenheit geraten.

Die vier Teufel

Herman Bang

Impressum

Autor: Herman Bang
Umschlagkonzept: toepferschumann, Berlin

Verlag: tredition GmbH, Hamburg
ISBN: 978-3-8424-8836-6
Printed in Germany

Ziel der TREDITION CLASSICS ist es, tausende deutsch- und fremdsprachige Klassiker wieder in Buchform verfügbar zu machen. Die Werke wurden eingescannt und digitalisiert. Dadurch können etwaige Fehler nicht komplett ausgeschlossen werden. Unsere Kooperationspartner und wir von tredition versuchen, die Werke bestmöglich zu bearbeiten. Sollten Sie trotzdem einen Fehler finden, bitten wir diesen zu entschuldigen. Die Rechtschreibung der Originalausgabe wurde unverändert übernommen. Daher können sich hinsichtlich der Schreibweise Widersprüche zu der heutigen Rechtschreibung ergeben.

Text der Originalausgabe

Herman Bang

Die vier Teufel

Erstes Kapitel

Die Glocke des Regisseurs ertönte. Allmählich nahm das Publikum seine Plätze ein, wobei das Getrampel auf der Galerie, das Geplauder im Parkett, das Rufen der Apfelsinenjungen die Musik übertönte – und endlich kamen auch die blasierten Leute in den Logen zur Ruhe und warteten.

Es kam die Nummer »Les quatre diables« an die Reihe. Man sah es an dem ausgespannten Netz.

Fritz und Adolf liefen aus der Garderobe hinaus in das Künstlerfoyer, sie eilten den Gang entlang, wobei die grauen Mäntel um ihre Beine schlugen, riefen und klopften an die Türe Aimees und Luisens.

Die beiden Schwestern warteten schon, ebenfalls in fieberhafter Erregung, in ihren langen weißen Gesellschaftsmänteln, die sie ganz einhüllten – während die Duenna mit ihrem schiefsitzenden Kapotthut unaufhörlich im Diskant Rufe ausstieß und verwirrt mit dem Puder, der Armschminke und dem zerdrückten Harz in den Händen hin und her lief.

»Kommt«, rief Adolf, »es ist Zeit!«

Aber sie liefen alle noch einen Augenblick durcheinander, ganz kopflos, von dem Fieber ergriffen, das alle Artisten packt, wenn sie das Trikot auf den Beinen fühlen.

Die Duenna schrie am lautesten.

Nur Aimee streckte ruhig ihre Arme aus den langen Ärmeln Fritz entgegen.

Und schnell, ohne sie anzusehen und ohne ein Wort zu reden, führte er mechanisch eine Puderquaste an den vorgestreckten Armen auf und nieder – wie es seine Gewohnheit war.

»Kommt!« rief Adolf wieder. Sie gingen alle hinaus, Hand in Hand, und warteten. Sie stellten sich am Eingang auf und hörten von drinnen die ersten Takte des Liebeswalzers, nach dem sie arbeiteten:

Amour, amour,
oh, bel oiseau,
chante, chante,
chante toujours.

Fritz und Adolf warfen ihre Mäntel zu Boden und standen strahlend in rosa Anzügen da, ein so blasses Rosa, daß es fast weiß erschien. Ihre Körper wirkten wie nackt – jeder Muskel war zu sehen.

Die Musik hörte auf zu spielen.

Im Stall war es ganz leer und still. Nur ein paar Pferdeknechte waren, ohne sich stören zu lassen, damit beschäftigt, die Futterbüchsen zu untersuchen, und sie standen und hoben mißtrauisch die schweren Behälter empor.

Die Melodie begann von neuem: »Die vier Teufel« betraten die Manege.

Das Beifallsklatschen erschien ihnen wie ein undeutliches Brausen, und sie unterschieden keine Gesichter. Es war, als wenn alle Fibern ihrer Körper bereits vor Anstrengung zitterten.

Dann lösten Adolf und Fritz rasch die weiten Mäntel Luisens und Aimees, sie fielen auf den Sand hernieder, und die Schwestern standen unter dem Feuer von Hunderten von Gläsern gleichsam nackt in ihren schwarzen Trikots da – wie zwei Negerinnen mit weißen Gesichtern.

Sie schwangen sich alle ins Netz hinauf und begannen zu arbeiten. Nackt schienen sie zwischen den rasselnden Schaukeln hin und her zu fliegen, deren Messingstangen leuchteten. Sie umarmten einander, sie fingen einander auf, sie feuerten sich gegenseitig durch Zurufe an; es war, als wenn die weißen und schwarzen Körper sich liebesheiß umschlängen und dann sich wieder lösten, sich abermals umschlängen und sich wieder lösten in lockender Nacktheit.

Und der Liebeswalzer mit seinen schläfrig schmachtenden Rhythmen tönte weiter, und die Haare der Frauen umflatterten, wenn sie durch die Luft flogen, weit ausgebreitet die schwarze Blöße – wie ein Atlasmantel.

Sie hörten nicht auf. Nun arbeiteten sie übereinander, Adolf und Luise oben.

Der Beifall klang zu ihnen hinauf wie ein verwirrtes Gemurmel, während die Artisten in ihren Logen (wo auch die noch immer erregte Duenna, den rosengarnierten Kapotthut schief auf dem Kopfe, ganz voran stand und mit ihren bloßen schallenden Händen Beifall klatschte) die »Teufel« mit ihren Gläsern beobachteten und den »Kniff« bei ihren Anzügen herauszubekommen suchten, deren Gewagtheit in der Artistenwelt berühmt war:

»Oui, oui, ihre Hüften sind ganz nackt –«

»Der Kniff ist eben der, daß man die Lenden sieht«, riefen sie in der Artistenloge durcheinander.

Die dicke Vorreiterin in dem »Ritterspiel aus dem sechzehnten Jahrhundert«, Mlle. Rosa, legte ihr Glas schwer beiseite.

»Nein, sie haben gar kein Korsett an«, sagte sie, ganz schweißig in ihrem eigenen dicken Panzer. Sie fuhren fort zu arbeiten. Das elektrische Licht wechselte zwischen Blau und Gelb, während sie durch die Luft fuhren.

Fritz schrie auf; an den Beinen hängend, fing er Aimee in seinen Armen auf.

Dann ruhten sie sich aus, indem sie auf dem Trapez nebeneinander saßen.

Über sich hörten sie das Rufen Luisens und Adolfs. Aimee sprach mit keuchender Brust von Luisens Arbeit:

»Voyez donc, voyez!« rief sie.

Luise wurde von Adolfs Beinen aufgefangen.

Aber Fritz antwortete ihr nicht. Er starrte nur, während er mechanisch fortfuhr, seine Hände an der kleinen aufgehängten Decke abzutrocknen, nach der Logenreihe hinab, die sich, hell und unruhig, unter ihnen wie die hellfarbige Umsäumung eines bunten Beetes hinstreckte.

Und plötzlich verstummte auch Aimee und starrte in derselben Richtung hinab wie er, bis Fritz sagte, als risse er sich von etwas los:

»Wir sind an der Reihe«, und sie erwachte mit einem Ruck.

Wieder trockneten sie ihre Hände an der Decke ab und warfen sich herab, so daß sie an den Armen hingen, als wenn sie die Kraft ihrer Muskeln versuchen wollten. Dann setzten sie sich wieder hinauf. Die Seele wohnte in ihren Augen, mit denen sie die Entfernung zwischen den Trapezen maßen.

Plötzlich schrien sie beide:

»Du courage!«

Und Fritz flog rücklings dahin nach dem entferntesten Trapez, während Luise und Adolf oben einen langen, anhaltenden Schrei ausstießen, als wollten sie ein Tier ermuntern.

Amour, amour,
oh, bel oiseau,
chante, chante,
chante toujours.

Ihre große Nummer begann. Sie stießen sich rücklings ab, unter heiserem Rufen, flogen aneinander vorbei und erreichten ihr Ziel. Sie wiederholten es und schrien abermals. Und hoch oben, von der Rotunde, fiel plötzlich, während Luise und Adolf wie zwei sich unaufhörlich drehende Räder auf ihren Schaukeln herumkreisten, ein Regen von deutlich glitzerndem Gold wie eine goldene Staubwolke herab, die leuchtend langsam niedersank – durch den blanken weißen Strom der elektrischen Lampen.

Einen Augenblick sah es aus, als wenn die Teufel durch einen strahlenden Goldschwarm flögen, während der Staub, der langsam herabsank, ihre Nacktheit mit Tausenden strahlender Goldflittern übersäte.

Amour, amour,
oh, bel oiseau,
chante, chante,
chante toujours.

Plötzlich schossen sie, einer nach dem andern, kopfüber durch den glänzenden Regen in das ausgespannte Netz hinab – und die Musik verstummte.

Sie mußten wieder und wieder vorkommen.

Verwirrt stützten sie einander, als würden sie plötzlich schwindlig. Sie gingen hinaus und kamen wieder herein. Dann ließ der Beifall nach.

Stöhnend liefen sie in die Garderoben, und Adolf und Fritz warfen sich auf eine Matratze am Boden platt nieder und hüllten sich in eine Decke ein. Da lagen sie eine Weile, sie waren kaum bei Besinnung.

Dann standen sie auf und kleideten sich um.

Adolf blickte von seinem Spiegel nach Fritz hin, der sich im Stallmeisterfrack präsentierte.

»Willst du Dienst tun?« fragte er.

Und Fritz sagte verdrießlich:

»Der Direktor hat mich darum gebeten.«

Er ging zu den andern hinein, die beim Eingang die Stallmeisterwacht hatten und abwechselnd, todmüde gleich ihm, heimlich für einen Augenblick die schlaffen Körper an den Wänden ruhten.

Nach der Vorstellung versammelte sich die Truppe im Restaurant.

Die »Teufel« saßen, stumm wie die andern, an einem Tisch für sich. An einigen Tischen begann man Karten zu spielen – immer ohne zu reden. Man hörte nur den Laut des Geldes, das über den Tisch hingeschoben wurde.

Die beiden Kellner standen wartend vor dem Büfett und starrten stumpfsinnig all die stillen Leute an. Dumm, die Beine gerade vor sich hingestreckt und mit schlaffhängenden Armen, als wäre ihnen alles gleich, blieben die Artisten längs der Wand sitzen.

Die Kellner begannen das Gas herabzuschrauben.

Adolf schob das Geld neben eines der Seidel hin und stand auf.

»Kommt«, sagte er. »Wir wollen gehen!«

Und die andern drei folgten.

Die Straßen waren schon ganz still. Sie vernahmen keinen andern Laut als ihre eigenen Tritte, während sie je zwei und zwei, wie sie arbeiteten, dahinschritten. Sie erreichten ihre Wohnung und trennten sich im ersten Stockwerk auf dem dunklen Flur mit einem leisen »Gute Nacht!«

Aimee blieb auf dem Treppenabsatz im Dunkeln stehen, bis Fritz und Adolf zum zweiten Stock hinaufgekommen waren und die Türe sich hinter ihnen geschlossen hatte.

Die beiden Schwestern gingen hinein und zogen sich aus, ohne ein Wort zu reden. Als Luise aber im Bett lag, begann sie von der Arbeit der andern zu plaudern, von denen, die in den Logen gewesen waren, von den Stammgästen: Sie kannte alle Gesichter.

Aimee saß noch immer auf dem Rande ihres Bettes, halb angekleidet, ohne sich zu rühren. Luisens Geplauder wurde immer abgebrochener. Schließlich schlief sie ein.

Aber ein Weilchen später erwachte sie wieder und setzte sich im Bett aufrecht hin. Aimee saß noch auf demselben Platz.

»Gehst du denn nicht ins Bett?« fragte Luise.

Aimee löschte schnell das Licht aus.

»Ja, nun,« sagte sie und stand auf.

Aber auch im Bett schlief sie nicht. Sie dachte nur an das eine: daß ihre Augen und die Fritzens sich niemals mehr trafen, wenn er ihre Arme puderte.

Auch Fritz und Adolf waren in ihrem Zimmer zur Ruhe gegangen. Aber Fritz warf sich nur wie gefoltert im Bette umher:

Galt das ihm? Und was wollte *sie* von ihm, sie, dieses Weib in der Loge? *Wollte* sie etwas? Aber warum sah sie ihn immer so an? Warum streifte sie sonst so nah an ihm vorbei? *Galt* das ihm?

Er hatte keinen andern Gedanken als dieses Weib. Vom Morgen bis in die Nacht hinein keinen andern. Nur sie. Er lief mit der einen Frage, wie ein Tier in seinem Käfig, umher: ob sie wirklich wollte - dieses Weib in der Loge?

Und ständig, überall merkte er den Duft ihrer Kleider, wenn sie hinunterkam und an ihm vorbeiging.

Immer dicht an ihm vorbei, wenn er als Stallmeister dastand.

Aber galt das denn ihm? Und was wollte sie?

Er fuhr fort, sich schmerzvoll hin und her zu werfen, und er sagte einmal nach dem andern ins Dunkel hinaus, als wenn das Wort ihn faszinierte:

»Femme du monde!«

Einmal ums andere, ganz leise, wie in Verzauberung:

"Femme du monde --- «

Und er begann mit all seinen Fragen wieder von neuem: ob das ihm galt, ob das ihm galt?

Aimee war wieder aufgestanden. Ganz leise schlich sie durch das Zimmer hin. Im Dunkeln tasteten ihre Finger nach dem Rosenkranz in der Schublade, und sie fand ihn. -

Im Hause war es ganz still.

Zweites Kapitel

Die »Teufel« hatten »gearbeitet«.

Adolf schimpfte in der Garderobe, weil Fritz, wie er sagte, ihren ganzen Kontrakt zuschanden machte durch seine ewigen Stallmeisterdienste, obschon die »Teufel« davon befreit waren.

Aber Fritz gab ihm gar keine Antwort.

Jeden Abend zog er seine Stallmeisteruniform an und stellte sich neben dem Logenaufgang auf und wartete, bis »die Dame aus der Loge« am Arm ihres Mannes die Treppe hinunterkam und an ihm vorbeiging – sie hielt sich jetzt oft im Stalle auf während der letzten Abteilung –, dann folgte er ihnen.

Sie sprach mit den Stallknechten, sie klopfte die Pferde, sie las laut die Namen, die an den Ständen angeschlagen waren. Fritz folgte ihr.

Zu ihm sagte sie nichts.

Aber sie tat alles für ihn – das wußte er –; und durch tausend kleine Bewegungen, durch ein Emporrichten ihres Rückens, dadurch, daß sie ihren Arm ausstreckte, durch einen Blitz ihres Auges stellten sie beide sich gleichsam im geheimen füreinander aus, und der eine belastete den andern, obwohl sie beständig einander fern blieben – immer dieselbe Entfernung, die sie voneinander trennte und trotz der sie doch verbunden waren, als wenn der gemeinsame Trieb sie in einer besonderen Doppelschlinge gefangen hätte, die sie beide festhielt. Sie wechselte ihren Platz, las die Aufschrift eines neuen Standes und einen neuen Namen.

Fritz folgte.

Sie lachte, sie ging weiter; und sie ging zurück, um die Hunde zu liebkosen.

Fritz folgte nur.

Sie führte, und er folgte.

Er schien sie nicht anzusehen. Aber seine Augen verweilten auf dem Saume ihres Kleides, auf ihrer ausgestreckten Hand mit dem

Blick wilder Tiere, die gezähmt werden, einem lauernden haßerfüllten Blick, der doch gleichzeitig sich seiner Ohnmacht bewußt ist.

Eines Abends kam sie auf ihn zu. Ihr Mann hatte sich ein Stück entfernt. Er schlug die Augen auf, und sie sagte leise:

»Fürchten Sie mich?«

Er schwieg einen Augenblick.

»Ich weiß nicht«, sagte er dann, heiser und hart.

Und sie wußte nichts mehr zu sagen – verwirrt oder fast ängstlich (eine Angst, die sie plötzlich nüchtern machte) infolge des begehrenden Blickes, den sie auf ihren Füßen brennen fühlte.

Sie wandte sich um und ging mit einem kurzen Lachen, das ihr eigenes Ohr verletzte, fort.

Am nächsten Abend war Fritz nicht Stallmeister. Er hatte sich selbst gesagt, er wollte ihr aus dem Wege gehen, er hatte fest beschlossen, er wollte sie nicht mehr sehen. Er besaß alle jene überkommene Furcht, die den Artisten vor den Frauen als ihrem Verderben eigen zu sein pflegt. Er betrachtete sie als mystische Feinde, die auf der Lauer lägen und nur geboren wären, seiner Kraft nachzustellen. Und wenn er sich einmal hingab – plötzlich, von unwiderstehlichem Drange ergriffen –, geschah es mit einer Art verzweifelter Selbstaufgabe, mit einem rachsüchtigen Haß gegen das Weib, das ihn nahm und ihm ein Stück seines Körpers, einen Teil seiner Kraft raubte – das, was sein teures Werkzeug war, sein einziges Existenzmittel.

Aber vor dieser Dame in der Loge fürchtete er sich doppelt, denn sie war eine Fremde und keine von den Seinen. Was wollte sie von ihm? Selbst der Gedanke an sie peinigte sein Hirn, das nicht ans Denken gewöhnt war. Er wachte mit mißtrauischer Angst über jede Bewegung dieser Fremden aus einer andern Rasse, als wollte sie ihm etwas geheimnisvolles Böses antun, er wußte, er vermochte ihr nicht zu entfliehen.

Er wollte sie nicht mehr sehen – nein, er wollte sie nicht sehen.

Es wurde ihm leicht, das Gelübde zu halten; denn sie kam gar nicht mehr. Zwei Tage nicht, drei Tage nicht – Am vierten Abend stand Fritz wieder als Stallmeister da. Aber sie kam nicht. Auch diesen Abend nicht. Auch am nächsten kam sie nicht.

So lang der Tag auch war, mit Angst dachte er: »Wenn sie kommt«, und am Abend empfand er einen dumpfen Zorn, eine brutale, aber stumme Wut, weil sie nicht kam.

So hatte sie ihn also zum Narren gehalten. So hatte sie ihn also verspottet. So – ein Frauenzimmer! Aber er wollte sich rächen, er würde sie schon finden –

Und er sah, wie er sie mit Schlägen überhäufte, sie mit Füßen trat, sie mißhandelte, so daß sie sich krümmte und halbtot liegen blieb: sie – das Frauenzimmer.

Stundenlang lag er nachts in stummer Wut da. Und sein Begehren wuchs sich in diesen ersten schlaflosen Nächten so verzweifelt gierig fest, denn er hatte noch niemals schlaflos gelegen.

Dann endlich – am neunten Tage kam sie.

Vom Trapez aus erblickte er ihr Gesicht – als wenn er mit den Augen eines andern zu sehen vermochte – und mit einem plötzlichen Rucke, wie in knabenhaftem Jubel, schleuderte er seinen schönen und schlanken Körper, an den gestreckten Armen hängend, hinaus in die Luft.

Sein ganzes Gesicht strahlte in schimmerndem Lächeln, und er schwang sich wieder empor.

Amour, amour,
oh, bel oiseau,
chante, chante,
chante toujours.

Leicht wiegte er das Haupt im Walzertakt; und er ergriff Aimees Hand, fest und froh, wie seit sieben Tagen nicht, und er sprach zu ihr:

»Enfin – du courage«, rief er laut.

Es klang wie ein Siegesschrei. Und als er dann in seiner Stallmeisteruniform in den Stall hinauskam und *sie* sah, stand er wieder stumm und feindlich und betrachtete sie gehässig mit demselben Blick, der ihr nicht recht in die Augen zu sehen wagte.

Aber nach der Vorstellung, im Restaurant, wurde er plötzlich wieder ausgelassen – fast wild. Er lachte und machte allerhand Kunststücke. Er spielte mit Tassen und mit Seideln und ließ seinen Zylinderhut balancieren – mit der Seite – auf der Spitze seines Stockes.

Die andern Artisten wurden von seiner lustigen Stimmung mitgerissen.

Der Clown Tom holte seine Harmonika und spielte, indem er mit seinen langen Beinen über die Stühle hinschritt.

Es entstand ein ungeheures Hallo. Alle machten Kunststücke. Mr. Fillis ließ eine mächtige Tüte auf seiner Nase balancieren, und zwei, drei Clowns kakelten, als wäre man mitten in einem Hühnerhof.

Aber Fritz schrie am lautesten, nachdem er auf einen Tisch gestiegen war; er spielte Ball mit zwei Glaskuppeln, die er von einem Gaskronleuchter abgeschraubt hatte, und schrie, über sein ganzes Gesicht strahlend, in den Spektakel hinein:

»Adolf, tiens! «

Adolf fing die Kuppel; er stand auf dem nächsten Tisch.

Die Artisten waren bald oben, bald unten, einige auf Tischen, andere auf Stühlen. Die Clowns kakelten, die Harmonika stieß Klagetöne aus.

»Fritz, tiens!«

Die Kuppeln flogen wieder hin und zurück – über die Köpfe der Clowns hinweg. Fritz fing sie und wandte sich plötzlich um:

»Aimee, tiens!«

Er warf sie gerade auf sie zu, und Aimee sprang auf. Aber sie kam nicht mehr zur Zeit, und die Kuppel fiel zu Boden und zerbrach.

Fritz lachte und betrachtete das zersplitterte Glas von seinem Tisch herab.

»Das bringt Glück«, sagte er und lachte; plötzlich stand er still und blickte in das Licht der Gaskrone hinauf. Aimee hatte sich abgewandt. Bleich setzte sie sich wieder an der Wand nieder.

Der Spektakel dauerte an. Die Uhr war nahezu zwölf. Die Kellner schraubten das Gas herab. Aber die Artisten hörten nicht auf, sie verdoppelten nur den Lärm in dem Halbdunkel. Ringsum aus allen Ecken hörte man ein ohrenzerreißendes Kakeln und Schreien, auf dem Tisch unter dem Kronleuchter ging Fritz auf den Händen.

Er war der letzte, der hinauskam – er war so aufgeregt, als wäre er betrunken.

In kleinen Häuflein schritten sie alle dahin. Nach und nach trennten sie sich, gruppenweise. Zum Abschied ertönten viele seltsame Laute in die Dunkelheit als letzte Grüße hinaus.

»Night«, rief Mr. Fillis, der durch die Nase sprach.

»Abend, Abend –«

Dann wurde es endlich still, und die vier Teufel schritten stumm, wie gewöhnlich, nebeneinander dahin.

Sie sprachen nicht mehr. Aber Fritz konnte sich noch nicht beruhigen. Er ließ wieder seinen guten Hut in der Luft auf der Spitze seines Stockes herumkreiseln.

Sie erreichten ihre Wohnung und sagten sich gute Nacht.

In ihrem Zimmer machte Fritz beide Fenster weit auf und begann laut zu pfeifen, weit hinaus in die Gasse.

»Du bist verrückt!« sagte Adolf. »Was Teufel fehlt dir eigentlich?«

Fritz lachte nur:

»Il fait si beau temps«, sagte er nur und fuhr fort zu pfeifen.

Unten hatte auch Aimee ein Fenster geöffnet. Luise, die im Begriff war, sich auszuziehen, rief ihr zu, sie sollte es zumachen, aber Aimee blieb stehen und starrte in die enge Gasse hinaus.

Bisher hatte sie nicht begriffen – warum seine Augen leer geblieben waren, wenn er sie ansah, warum seine Stimme gleichsam müde geworden war, wenn er mit ihr sprach, auch nicht, daß seine Ohren halb geschlossen waren, wenn *sie* redete –

Und es war, als wären sie nicht mehr dieselben, wenn sie einander noch so nahe saßen –

Und nun puderte er auch nicht mehr ihre Arme!

Das war seit gestern.

Er kam so eilig und ungeduldig hinein, wie es nun seine Gewohnheit war. Und sie streckte ihm ihre Arme entgegen, und er starrte sie nur gedankenlos an, ohne sich auf etwas zu besinnen:

»So pudre dich doch«, sagte er dann heftig und lief davon.

Und ohne zu begreifen, puderte sie langsam den linken Arm und dann den rechten –

Ach nein, ach nein – niemals hatte sie gewußt, daß man so leiden könnte.

Aimee lehnte den Kopf an den Fensterrahmen, und die Tränen begannen ihr über die Wangen herabzufließen.

Nun wußte sie alles. Nun verstand sie –

Plötzlich hob sie den Kopf wieder empor, sie hörte, daß Fritz auf einmal begonnen hatte, laut vor sich hinzusummen.

Das war der »Liebeswalzer.«

Lauter und lauter summte er -- nun sang er.

Wie froh er sang, wie glücklich! jeder Ton schmerzte sie, und doch blieb sie stehen: es war, als wenn dieser Gesang ihr alles, ihr ganzes Leben ihr ins Gedächtnis zurückrief.

Wie gut sie sich darauf besann – vom ersten Tage an –

Luise rief sie wieder, und mechanisch schloß sie das Fenster. Aber sie ging nicht zu Bett, still setzte sie sich nur in die dunkle Ecke.

Wie gut sie sich auf alles besann.

Drittes Kapitel

Wie deutlich Aimee den Fritz und Adolf noch sah, als sie das erste Mal zu ihnen kamen - als sie bei »Vater« Cecchi »angenommen« werden sollten.

Es war am Morgen, und Aimee und Luise lagen noch im Bett.

Und die Jungen hatten in der Ecke gestanden, mit geneigten Köpfen - sie trugen Leinenhosen, mitten im Winter, und Fritz hatte einen Strohhut. Und sie wurden ausgezogen, und Vater Cecchi befühlte sie und drückte ihre Beine und beklopfte ihren Brustkasten, bis sie weinten, während die alte Frau, die sie hingebracht hatte, nur ganz still, zusammengeschrumpelt, mit mummelndem Munde dastand - nur die schwarzen Blumen auf ihrem Hut zitterten ein wenig.

Sie fragte nichts. Sie sah nur die Jungen an und folgte ihnen mit den Augen - wie sie nackt unter Cecchis Händen exerzieren mußten -

Auch Aimee und Luise sahen vom Bett aus zu.

Vater Cecchi fuhr fort zu befühlen und zu beklopfen; das Leben der Jungen saß gleichsam in ihren angstvollen Augen.

Dann wurden sie »angenommen«.

Die alte Frau sprach kein Wort. Sie rührte die Jungen nicht an und sagte ihnen nicht Lebewohl. Es war, als wenn sie die ganze Zeit, während ihre Hutblumen zitterten, nur etwas suchte - irgend etwas, das sie nicht fand. Und so ging sie auch zur Türe hinaus, langsam, unentschlossen, und machte sie hinter sich zu.

Fritz schrie einmal auf, ein langer Kinderschrei, als würde er gestochen. -

Aber dann gingen sie beide, er und Adolf, in ihre Ecke zurück und setzten sich, das Kinn auf ihre Knie niedergebeugt und die geballten Hände fest gegen den Boden gestemmt, alle beide stumm nieder.

Vater Cecchi jagte sie in die Küche hinaus, Kartoffeln zu schälen. Aimee und Luise wurden ihnen nachgeschickt. Alle vier saßen sie stumm um die Schüssel herum.

Luise fragte:

»Woher kommt ihr?«

Aber die Jungen antworteten nicht. Sie kniffen nur die Lippen zusammen und blickten zu Boden.

Es verging einige Zeit, bis Aimee flüsterte:

»War das eure Mutter?«

Aber sie antworteten noch immer nicht - sondern saßen nur mit schluchzender Brust, als wenn sie innerlich weinten. Und man hörte nur den Laut der Kartoffeln, die in das Wasser hineinplumpsten, nachdem sie geschält waren.

»Ist sie tot?« flüsterte dann Luise.

Aber die Jungen antworteten noch nicht, und die beiden Mädchen sahen nur still von dem einen zum andern, während Aimee plötzlich ganz leise zu weinen begann und dann auch Luise - alle beide saßen sie und weinten.

Am nächsten Tage begannen die Jungen zu »arbeiten«.

Sie lernten den »chinesischen Tanz« und den »Bauerntanz«. Nach Verlauf von drei Wochen traten sie alle vier auf.

Wenn sie tanzen sollten, standen sie paarweise in den Kulissen, Aimee mit Fritz, Luise mit Adolf, mit starren Augen, und benetzten ihre Lippen mit der Zunge vor Angst, indem sie auf die Orchestermusik lauschten.

»Zieh die Jacke herunter«, sagte Aimee, die selbst vor Fieber kaum ruhig stehen konnte, und zog Fritzens Jacke herab, die schief saß.

»Commencez!« rief Cecchi aus der ersten Kulisse. Der Vorhang war aufgegangen, sie sollten hinaus.

Sie sahen nicht die Lampenreihe, und sie sahen nicht die Leute.

Mit erschrecktem Lächeln machten sie ihre einexerzierten Schritte, indem sie den Takt zählten und die Lippen bewegten, die Augen hielten sie starr auf Cecchi gerichtet, der in der ersten Kulisse mit den Füßen den Takt trampelte.

»Nach links!« flüsterte Aimee Fritz zu, der es niemals zu behalten vermochte; sie schwitzte vor Angst für sie beide und mußte für sie beide Gedächtnis haben.

Sie glichen alle zusammen Wachsfiguren, die sich auf einem Leierkasten herumdrehen.

Das Publikum klatschte und rief sie vor. Apfelsinen fielen auf die Bühne herab. Sie hoben sie auf und lächelten zum Dank dafür, obgleich sie sie Cecchi abliefern mußten, der sie nachts zu seinem Kognak mit Wasser aß, wenn er mit dem Agenten Watson Karten spielte.

Vater Cecchi spielte nämlich die ganzen Nächte durch mit dem Agenten daheim in ihrem Logis.

Die Kinder erwachten, wenn sie sich zankten, und sahen mit aufgerissenen Augen von ihren Betten aus zu, bis sie todmüde wieder in Schlaf fielen.

So verging die Zeit.

Die Cecchi-Truppe kam zu einem Zirkus, und alle vier machten das ganze Handwerk durch.

Sie begannen ihre Proben um halb neun. Zähneklappernd kleideten sie sich um und begannen in dem halbdunklen Zirkus zu arbeiten. Luise und Aimee gingen auf der Leine, indem sie mit zwei Fahnen balancierten, während Vater Cecchi, der rittlings auf der Barriere saß, kommandierte.

Dann wurde das Pferd vorgeführt, und Fritz sollte den Jockeysprung ausführen.

Vater Cecchi kommandierte, mit einer langen Peitsche bewaffnet. Fritz sprang und sprang. Es gelang ihm nicht. Er fiel auf die Barriere herab. Er stützte sich auf das Pferd. Die Peitsche sauste herab und traf sein Bein, so daß er lange Striemen erhielt.

Vater Cecchi fuhr fort zu kommandieren. Mit dem Weinen kämpfend, sprang der Junge und sprang.

Er kam wieder nicht hinauf und fiel.

Die alten Wunden an seinem Körper brachen auf und bluteten, so daß das alte Trikot Blutflecke bekam.

Vater Cecchi rief nur immer wieder: Encore - encore!

Atemlos, schluchzend zwischen den tiefen Atemzügen, sprang Fritz mit schmerzverzogenem Gesicht.

Die Peitsche traf ihn, und verzweifelt sagte er:

»Ich kann nicht!« Aber er mußte von neuem hinauf.

Das Pferd bekam doppelte Schläge und flog schnell mit dem schluchzenden Knaben dahin, dessen Glieder vor Schmerz zitterten: »Ich kann nicht!« rief er qualvoll.

Die Artisten sahen stumm vom Parkett und den Logen aus zu.

»Encore!« rief Cecchi. Fritz sprang wieder ab.

Bleich, mit weißen Lippen, in der Ecke einer Loge verborgen, sah Aimee voll Angst und Erbitterung zu.

Aber Vater Cecchi hörte nicht auf. Eine Stunde dauerte es, fünf Viertelstunden. Fritzens Körper war nur eine einzige Wunde. Er fiel wieder und wieder, stampfte vor Schmerz mit den Füßen in den Sand und fiel abermals.

Nein, nun gelang es nicht mehr. Und er wurde mit einem Fluch fortgeschickt.

Aimee lief aus der Loge heraus; stöhnend vor Schmerz, verbarg sich Fritz wie ein Tier hinter einem Haufen Tonnenreifen. Atemlos, mit geballten Händen, stieß er in wilder Wut abgerissene Flüche aus, eine Menge Gassenworte, Schimpfworte des Stalles.

Aimee saß ganz still. Nur ihre weißen Lippen bebten.

Lange saßen sie so hinter dem Haufen Reifen verborgen. Fritzens Kopf sank hinten gegen die Wand, und er schlief in schmerzvoller Ermattung ein, während Aimee mit ihrem weißen Gesicht unbeweglich sitzen blieb, als wachte sie über seinen Schlaf.

Jahre vergingen. Sie waren bereits erwachsen.

Vater Cecchi war tot. Er wurde von dem Huf eines Pferdes totgeschlagen.

Aber sie blieben beisammen. Es ging mit ihnen auf und nieder. Sie waren bei großen Gesellschaften, und sie kamen auch zu ganz kleinen.

Wie deutlich Aimee noch das weißgekalkte und kahle Provinzpantheon sah, in dem sie in jenem Winter arbeiteten. Wie eiskalt es dort war. Sie trugen vor der Vorstellung drei Kohlenbecken hinein, und der ganze Zirkus füllte sich mit dem Rauch, so daß man kaum zu atmen vermochte.

Draußen im Stall standen die Artisten, blaugefroren, und hielten ihre nackten Arme über ein Kohlenbecken hin, und die Clowns sprangen in ihren Schirtingschuhen auf dem bloßen Boden herum, nur um die Füße warm zu erhalten.

Die Cecchitruppe arbeitete in allen Fächern. Sie tanzten, Fritz war Aimees Partner. Aimee war Parforcereiterin, Fritz schnallte als Stallmeister ihren Sattelgurt fester.

Die Truppe plagte sich; sie füllte fast das halbe Programm aus.

Aber es ging nicht. Jede Woche verschwand ein Pferd aus den Ständen, das verkauft wurde, um für die andern Futter zu schaffen. – Die Artisten, die Geld hatten, reisten fort, die zu bleiben gezwungen waren, hungerten – bis endlich alles zu Ende war und sie schließen mußten.

Pferde, Kostüme, alles wurde ihnen fortgenommen. Das Gericht war gekommen und hatte reinen Tisch gemacht.

Es war an dem Abend des Tages, da dies geschehen war.

Die wenigen Artisten, die noch übrig waren, saßen stumm und betrübt in dem dunklen Raum. Sie konnten nicht fort. Sie wußten auch nicht, wohin sie gehen sollten.

Im Stall auf einem Futterkasten saß der Direktor vor den leeren Ständen – und weinte, indem er fortwährend immer wieder dieselben Flüche in allen Sprachen murmelte.

Sonst war es ganz still, ganz tot.

Nur die Hunde – die hatte das Gericht vergessen – lagen traurig mit wachsamen Augen auf einem Haufen Stroh.

Die Cecchitruppe ging in das Restaurant hinein. Alles war verlassen. Der Wirt hatte sein Büfett geschlossen und die Gläser herabgenommen. Stühle und Tische standen staubig durcheinander.

Die vier saßen stumm in einer Ecke. Sie kamen von der Post. Das war ihr täglicher Gang. Sie holten Briefe von den Agenten – Absage auf Absage.

Fritz öffnete sie und las sie. Die andern drei saßen neben ihm und wagten nicht zu fragen.

Er öffnete Brief auf Brief und las langsam, gleichsam mißtrauisch – und legte jeden Brief beiseite.

Die andern sahen ihn nur an – stumm und verzagt.

Da sagte er:

»Nichts.«

Und sie saßen wieder vor den traurigen Briefen, die ihnen nichts gebracht hatten.

Dann sagte Fritz:

»So geht es nicht weiter. Wir müssen eine Spezialität suchen.«

Adolf zuckte die Achseln. »Es gibt auf allen Gebieten genug«, sagte er höhnisch. »Erfinde etwas Neues!«

»Luftarbeit macht sich bezahlt«, meinte er gedämpft.

Die anderen schwiegen, und Fritz sagte, wie vorher:

»Wir könnten in den Kuppeln arbeiten.«

Wieder trat Schweigen ein, bis Adolf fast zornig rief: »Du bist deiner Glieder wohl sicher?«

Fritz antwortete nicht. Es war eine Welle ganz dunkel und still.

»Wir könnten uns auch trennen«, sagte Adolf heiser und ganz leise.

Sie alle hatten denselben Gedanken gehabt, und alle fürchteten sich davor. Nun war er ausgesprochen, und Adolf fügte hinzu, indem er in die Dunkelheit und in den verlassenen Raum vor sich hinstarrte:

»Man kann doch nicht immer weiter an derselben Schüssel hungern!«

Er sprach in unterdrücktem, erregtem Ton, wie Leute, die sich um des Teufels Bart streiten; aber Fritz schwieg noch immer, ohne sich zu rühren, und starrte zu Boden.

Sie erhoben sich und gingen stumm hinaus. In allen Gängen war es kalt und dunkel.

Leise sagte Aimee, während sie dicht nebeneinander hinschritten, mit einer Stimme, die Fritz kaum zu vernehmen vermochte:

»Fritz, ich arbeite mit dir in der Luft!«

Fritz blieb stehen:

»Ich wußte es«, sagte er leise und ergriff ihre Hand. Luise und Adolf sagten nichts.

Sie beschlossen in der Stadt zu bleiben. Fritz versetzte ihre letzten Ringe. Adolf blieb nur, um an die Agenten zu schreiben. Aber Fritz und Aimee arbeiteten.

Sie hatten ihr Trapez im Pantheon aufgehängt und begannen, jeden Tag zu arbeiten. Sie übertrugen einige der Parterreübungen auf das Trapez und quälten, in Schweiß gebadet, stundenlang ihre Körper.

Viertelstunde um Viertelstunde ertönten Fritzens Kommandoworte. Dann ruhten sie sich nebeneinander auf demselben Trapez aus, mit müdem und mattem Lächeln.

Sie begannen sich an die Arbeit zu gewöhnen, und sie fingen mit den Hanloo-Voltaschen Übungen an. Sie versuchten die Sprünge zwischen den Schaukeln, kopfüber fielen sie in das aufgespannte Netz hinab.

Aber sie setzten die Übungen fort, indem sie sich durch Geschrei anspornten:

»En avant!«

»Ça va!«

»Encore!«

Fritz kam hinüber, Aimee fiel.

Sie setzten die Arbeit fort.

Die Seele lag in ihren Augen, wie Federn spannten sich ihre Muskeln; wie unterdrücktes Kampfgeschrei klangen ihre Stimmen: sie kamen hinüber.

Der eine folgte dem andern mit dem Blicke, wie gebannt, fieberhaft:

»En avant – du courage!«

Aimee war hinübergekommen: ihre Muskeln bebten, während sie an dem entferntesten Trapez hing. Sie versuchte noch einmal, und es glückte wieder. Eine Freude überkam sie. Es war, als wenn sie sich an der Kraft ihrer Körper berauschten. Sie flogen aneinander vorbei, und sie ruhten wieder, schweißtriefend, lächelnd – Hand in Hand.

Von Freude ergriffen, rühmten sie gegenseitig ihre Leiber, streichelten die Muskeln, die sie trugen, und blickten einander mit strahlenden Augen an:

»Ça va, ça va«, riefen sie und lachten.

Sie begannen, schwierigere Übungen vorzunehmen. Sie erdachten sich neue Kombinationen. Sie versuchten, und sie berechneten. Sie vertieften sich in die Übungen mit dem Eifer des Erfinders, verhandelten darüber und sannen auf Abwechslung. Fritz schlief fast nicht mehr: der Gedanke an die Arbeit hielt ihn während der Nächte wach.

Morgens, bevor die Sonne aufging, klopfte er an Aimees Türe und weckte sie.

Und draußen entwickelte er bereits, noch während sie sich anzog, seine Pläne, erklärte ihr, mit lauter Stimme rufend, und sie antwortete, eifrig wie er, so daß sie das Haus mit ihren frohen Stimmen erfüllten.

Luise rieb sich die Augen und setzte sich im Bett aufrecht hin.

Sie hatte begonnen, die Übungen zu besuchen. Sie wurde von dem Fortgang der Arbeit mitgerissen; sie rief ihnen zu, und sie applaudierte. Sie antworteten von oben; der Raum hallte wider, immer erfüllt von ihren frohen Stimmen.

Nur Adolf saß stumm in einer Ecke beim Stall.

Eines Tages war auch er hineingekommen und hatte sich dort hingesetzt und sah zu. Niemand sprach zu ihm.

Die Übung war vorüber; ihre Kräfte waren zu Ende: schwer fielen sie in das ausgespannte Netz herab.

Fritz sprang auf den Boden hinunter und hob vorsichtig Aimee aus dem Netz heraus: Froh hielt er sie einen Augenblick in den emporgestreckten Armen fest - wie ein Kind.

Sie zogen sich um; und sie gingen in eine kleine Kneipe hinüber, um zu essen.

Sie begannen, von der Zukunft zu reden, davon, wo sie Engagement suchen könnten, von der Gage, die sie zu erlangen vermochten, von dem Namen, den sie annehmen wollten - von dem Erfolg, der ihrer wartete.

Die beiden sonst so Stummen wurden beredt, sie lachten, sie bauten ihre Zukunft auf. Fritz ersann neue Übungen - immer neue:

»Wenn wir es wagten«, sagte Fritz, ganz heiß vor Eifer -, »wenn wir es wagten.«

Und Aimee antwortete, die Augen auf ihn gerichtet:

»Warum nicht? Wenn du willst!«

Etwas in ihrem Ton rührte Fritz:

»Du bist tapfer«, sagte er plötzlich und sah sie an: Ihre Augen leuchteten ihm entgegen.

Und beide saßen, die Köpfe gegen die Wand gelehnt, starrten lange Zeit vor sich in die Luft hinaus und träumten.

Eines Tages versuchten sie zum ersten Mal den letzten Sprung, den, von dem sie sich einig waren, daß er die große Spezialität bilden würde: er glückte - rücklings erreichten sie die Trapeze.

Von unten ließ sich ein Ruf vernehmen. Es war Adolf. Mit emporgewandtem Gesicht, mit strahlenden Augen schrie er Bravo – Bravo, so daß es in dem leeren Raum widerhallte: »Bravo, bravo!« schrie er wieder, von Bewunderung ergriffen.

Und sie begannen, miteinander zu reden, alle vier, auch Luise, von oben und unten, erklärend und fragend.

An diesem Tage aßen sie zusammen, und auch am nächsten. Sie sprachen alle von den Übungen, es war, als wenn sie alle mit dabei wären. Fritz sagte:

»Ja, Kinder – wenn wir zu vieren arbeiteten. Ihr, Adolf, oben – nur mit festen Barren und Mühlen, und wir, wir beide, Aimee, unter euch – mit dem Todessprung – ja, wenn wir das täten –«

Er fing an, ihnen seinen neuen Plan zu erklären, indem er alle Evolutionen ausmalte; aber Adolf blieb stumm, und Luise wagte nicht zu antworten.

Aber am nächsten Tage sagte Adolf – er stand gesenkten Blickes vor ihm und setzte die Füße vor und zurück:

»Probt ihr heute nachmittag?«

Nein, nachmittags probten sie nicht.

»Denn« – sagte Adolf – »man verliert seine Zeit, und die Glieder werden einem steif –«

Am Nachmittag begannen Adolf und Luise zu proben. Die beiden andern kamen und sahen zu. Sie ermunterten sie und belehrten sie.

Fritz saß heiter da und spielte mit Aimees Hand.

»Ça va, ça va!« riefen sie beide von unten.

Oben flogen Luise und Adolf dreist zwischen den Schaukeln auf und ab:

»Ça va, ça va!«

Sie wußten, nun blieben sie beisammen.

Die Proben waren zu Ende. Die »Nummer« war fertig.

Sie arbeiteten, wie Fritz es gewollt hatte. Sie nannten sich »Die vier Teufel« und ließen sich in Berlin Kostüme zeichnen und anfertigen.

Sie debütierten in Breslau. Dann zogen sie von Stadt zu Stadt. Der Erfolg blieb überall derselbe.

Aimee hatte sich ausgezogen und war zu Bett gegangen.

Schlaflos lag sie da und starrte in die Finsternis hinauf. Ja – wie deutlich sie das alles sah vom ersten Tage an.

Das ganze Leben hatten sie zusammen verbracht – das ganze Leben, Seite an Seite.

Und nun war sie gekommen, sie, diese Fremde – und bei dem Gedanken biß das Akrobatenmädchen in ohnmächtiger, verzweifelter, rein physischer Wut die Zähne zusammen –, um ihn zu verderben.

Was wollte sie von ihm, *sie* mit ihren Katzenaugen? Was wollte sie von ihm, mit ihrem Dirnenlächeln? Was wollte sie von ihm, und warum bot sie sich ihm wie eine Metze an? Ihn vernichten, ihn ihr rauben, seine Kraft zerstören – ihn zugrunde richten?

Aimee biß in ihr Bettuch, ballte ihre Kissen zusammen und fand keine Ruhe für ihre fieberheißen Hände.

Ihre Gedanken wußten nicht genug ohnmächtige Scheltworte, zornige Vorwürfe und rohe Beschuldigungen – bis sie wieder weinte; und wieder fühlte sie all den lähmenden Schmerz, der sie Tag und Nacht, Tag und Nacht verfolgte.

Viertes Kapitel

Fritz lag mit geschlossenen Augen, sein Kopf ruhte in dem Schoß der Geliebten.

Langsam und langsamer glitt die Spitze ihrer Nägel über sein blondes Haar.

Fritz blieb mit geschlossenen Augen liegen, sein Kopf ruhte leicht in ihrem Schoß: also wirklich – er, Fritz Schmidt aus der Frankfurter Gasse, er, der vaterlose Junge, dessen Mutter eines Tages, als sie betrunken war, in den Fluß sprang und dessen Großmutter ihn verkauft hatte – ihn und den Bruder – für zwanzig Mark. –

Also wirklich, er, Fritz Schmidt, genannt Cecchi von den »vier Teufeln«, war ihr Liebhaber geworden, der Liebhaber der »Dame aus der Loge«. Das war *sein* Nacken, der auf ihren Knien lag. Das war *sein* Arm, der ihren Leib umfassen durfte. Das war *sein* Hals, auf dem nun ihre Lippen ruhten.

Er, Fritz Cecchi von den »vier Teufeln«!

Und er öffnete halb die Augen, und er sah mit derselben nicht begreifenden, berauschten Verwunderung ihre feine Hand, die so weich war, die keine Arbeit verunstaltet hatte, ihre hellroten gewölbten Nägel, ihre mattweiße Haut, die er so gern weich und lange küßte. –

Ja – die Hand glitt über seine Stirn hin.

Er war es, der im Atmen den Duft ihres Körpers empfand, der ihm nahe war, ihrer Kleider, deren Stoffe Wolken ähnelten – o wie seine Hände so gern über sie hinstrichen. –

Auf ihn wartete sie nachts an dem hohen Gitter, und sie fror während des Wartens, wie vor Kälte. *Ihn* führte sie durch den kleinen Garten des Palais und hängte sich in jedem Gebüsch an ihn. –

Seine Lippen nannten sie ihre »Blume«, *seine* Arme nannte sie ihr »Verderben«.

Ja – solch sonderbare Worte sprach sie, sie sagte: seine Lippen seien eine Blume, seine Arme ein Verderben.

Fritz Cecchi lächelte, und er schloß wieder seine Augen. –

Sie sah sein Lächeln, und sie bog den Kopf über ihn herab und führte ihre Lippen weich über sein Gesicht hin.

Fritz fuhr fort zu lächeln – gebannt von derselben Verwunderung:

»Aber das ist sonderbar«, sagte er leise und fuhr immer in demselben Tone fort: »Aber das ist sonderbar«, und er drehte seinen Kopf ein wenig hin und her.

»Was denn?« fragte sie.

»Dies!« erwiderte er nur und lag wieder still unter ihren Küssen, als fürchtete er, aus einem Traum zu erwachen.

Er lächelte noch immer: In Gedanken wiederholte er ständig ihren Namen, immer wieder über ihren Namen erstaunt – einen von den großen Namen, die von europäischem Klang sind und der selbst bis zu ihm, wie eine Sage, herabgelangt war.

Und langsam schlug er wieder die Augen auf und sah sie an und faßte mit beiden Händen nach ihren Ohren und lachte wie ein Junge, während er sie kniff – fester und fester: auch *das* durfte er – auch das.

Er richtete sich halb empor und schob seinen Kopf zu ihrer Schulter hinauf. Immer mit demselben Lächeln sah er sich in der Stube um:

All das war ihm untertänig, alles, was ihr gehörte: diese tausend zerbrechlichen Nippesgegenstände, die die seltsamen dünnbeinigen Möbel bedeckten: Beinahe wagte er auch sie nicht zu berühren, er, der Jongleur, faßte sie so behutsam an, als würden sie zwischen seinen Fingern zerbrechen; bald konnte er voll Übermut – denn er war hier Herr, er, Fritz Schmidt – mit einem Luxustisch Ball spielen oder eine ganze Etagere balancieren, während sie lachte, immerfort lachte.

Die Gemälde waren ihm fremd, Bilder von Ahnen in der Tracht der »Restaurationszeit« mit Galadegen und behandschuhten Händen.

Es gab Augenblicke, da er plötzlich den Bildern laut, ausgelassen ins Gesicht lachte, wie ein Straßenjunge - unaufhörlich lachte, daß er, Fritz Schmidt, hier bei ihr saß, dem Sprößling dieser Ahnen, und daß sie nun die *Seine* war.

Und er fuhr fort zu lachen und zu lachen - ohne daß sie begriff, warum. Und zuletzt sagte sie:

»Aber warum lachst du denn?«

»Ja, ja«, erwiderte er und hörte plötzlich auf zu lachen: »denn dies ist sonderbar, dies ist so sonderbar -«

Er empfand ein eigentümliches, halb glückliches, halb scheues Erstaunen - daß er hier war.

Daß er hier Herr war!

Denn er fühlte sich als Herr: sie war ja sein. Er besaß sie. In seinem unzivilisierten Hirn ruhten noch alle Gedanken von dem unbegrenzten Besitz des Mannes - dem Besitz der »Frauenzimmer« -, er, der Handelnde, der selbst im verzehrenden Genuß noch der Überlegene war und sie unter sich zerdrücken konnte.

Aber all diese männlichen Urvorstellungen bei Fritz - dem es eine Wollust bereitete, sie zu bändigen und zu zähmen und zügellos zu gebrauchen - schwanden wieder macht- und hilflos vor seiner stummen, erneuten Verwunderung über sie: ihr unbedeutendstes Wort war von anderem Klang und hatte anderen Tonfall; ihre geringste Bewegung war von anderer Art; ihr Körper, jeder Teil desselben, war von anderer, fremder Schönheit, unentwickelt und zart. -

Und er wurde gefügig und furchtsam, und er schlug plötzlich die geschlossenen Augen auf, um zu sehen, es war kein Traum, und langsam liebkoste er ihre feinen, schlanken Finger: ja, es war die Wahrheit!

Ihre Hände glitten immer zögernder und zögernder durch sein Haar, und sein Atem wurde schneller, während er dalag, als wenn er schliefe.

Plötzlich schlug er die Augen auf:

»Aber was wollen Sie denn von mir?« sagte er.

»Du dummer Mann«, flüsterte sie und hielt ihren Mund dicht über seiner Wange: »Du dummer Mann!«

Sie fuhr fort, nahe seinem Ohr zu flüstern – der Ton ihrer Stimme erregte ihn noch mehr als ihre Liebkosungen –:

»Du dummer Mann, du dummer Mann –«

Und als wenn sie den schönen und apathischen Körper in einen Rausch einlullen wollte, flüsterte sie:

»Du dummer Mann, du dummer Mann!«

Aber er erhob sich nur und sagte mit seinem ständigen Lächeln, während er neben ihr saß, ihren Kopf an seine Brust drückte und sie unsäglich zärtlich ansah:

»Könntest du hier schlafen?« und er wiegte sie in seinem Arm wie ein Kind, bis sie beide lachten, Aug in Auge.

»Du dummer Mann!«

Da flammten seine Augen auf, und er ergriff sie; schnell, ohne ein Wort, trug er sie vor sich her in erhobenen Armen, durch das Zimmer hin – dort hinein.

Nur die hellblaue Ampel sah still zu, wie ein schläfriges Auge.

Der Tag graute, als sie schieden. Aber in allen Ecken auf den Stufen der Treppe, im Garten mitten vor dem stillen Hause – das so vornehm und ehrbar mit verhüllten Scheiben dalag – verlängerten sie noch die geistlosen Stunden ihres Stelldicheins, während sie noch immer dieselben drei Worte flüsterte, die gleichsam der Refrain ihrer Liebesworte wurden – einer Liebe, deren einzige Seele der Instinkt war –:

»Du dummer Mann!«

Dann riß Fritz sich los, und die Gittertüre fiel hinter ihm zu. –

Aber sie blieb stehen, und noch einmal kehrte er zurück. Er nahm sie noch einmal in seine Arme, und plötzlich lachte er – während er vor dem großen Palais neben ihr stand.

Und als wenn ihre Gedanken sich begegneten, lachte auch sie – zum Hause ihrer Väter empor.

Und er begann – indem er mit seiner Neugier einen besonderen Triumph genoß – nach jedem einzelnen von den großen steinernen Wappen über den Fenstern, nach jeder Inschrift der Portale zu fragen, und sie antwortete ihm und lachte und lachte.

Es waren die stolzesten Namen des Landes. Er kannte sie nicht, aber sie erzählte von jedem etwas.

Es war Geschichte von Ehrungen, Geschichte von Kämpfen, Geschichte von Schlachtensiegern.

Er lachte.

Da waren Schilde, die den Thron geschirmt hatten. Da waren Zeichen, die selbst auf St. Peters Stuhl hindeuteten.

Er lachte.

Als würde sie von ihrer Unwürdigkeit selbst erhitzt, wurden ihre Liebkosungen heißer, roh und fast blasphemisch in diesem dämmernden Tageslicht, während sie fortfuhr zu erzählen, als wollte sie eines nach dem andern, Wort für Wort die Schilde ihres Vaterhauses herabreißen und in dem Schmutz ihrer Liebe zerschmettern.

»Und *das?*« fragte er und zeigte auf ein Wappen.

»Und *das?*«

Und sie fuhr fort zu erzählen.

Es war Geschichte von Jahrhunderten. Hier waren Throne erbaut und Königsthrone zusammengestürzt. Der war der Freund eines Kaisers. Der wurde der Tod eines Königs.

Und sie fuhr fort zu reden – flüsternd mit neckendem Spott, indem sie sich an die Schulter des Akrobaten lehnte und sich selbst dem Eindruck dieser Entweihung hingab.

Auch er wurde berauscht.

Es war, als sähen sie beide, hier vor ihren Augen, selbst die Vernichtung und genössen sie – genössen Minute für Minute den Fall dieses großen Hauses – mit Wappen, Portalen, Schilden, Gedächtnistafeln, Turmspitzen –, des Hauses, das unter dem Mühlstein ihres Triebes vernichtet wurde und zusammenstürzte.

Dann riß sie sich endlich los und flüchtete den Gang hinauf.

Noch einmal wandte sie sich in der kleinen Türe um und warf mit winkender Hand – gleichsam als letzten Scherz – dem großen Wappenschild auf dem Türgiebel eine Kußhand zu und lachte. –

Fritz ging nach Hause. Es war, als hätte er Flügel unter den Füßen. Er empfand gleichsam noch alle ihre Liebkosungen.

Ringsum erwachte die große Stadt.

Wagen ratterten die Straße entlang. Es lagen auf ihnen alle Schätze des Blumenmarktes: Veilchen, Frührosen, Aurikeln, Goldlack.

Fritz sang. Halblaut sang er die Verse des Liebeswalzers:

Amour, amour,
oh, bel oiseau,
chante, chante,
chante toujours.

Die Wagen fuhren noch immer an ihm vorbei. Die ganze Straße wurde von all den Düften erfüllt.

Die Blumenverkäufer, die, in große Decken eingehüllt, auf den Böcken saßen, wandten sich auf ihren Sitzen um und lächelten ihm zu.

Er sang noch.

Amour, amour,
oh, bel oiseau,
chante, chante,
chante toujours.

In seiner Gasse war es still und noch halbdunkel zwischen den hohen Häusern. Fritz ging langsamer. Noch immer summte er vor sich hin, und er blickte an seinem Hause hinauf und hinab.

Einen Augenblick fuhr er zusammen – ihm war, als hätte er oben hinter den Scheiben ein Gesicht gesehen.

Bleich, mit zurückgehaltenem Atem lauschte Aimee hinter ihrer Tür:

Ja, das war er.

Amour, amour,
oh, bel oiseau,
chante, chante,
chante toujours.

Die Türe oben wurde geschlossen, und alles wurde still.

Weiß wie eine Nachtwandlerin, die Hände gegen die Brust gedrückt, ging Aimee zu Bett. Unbeweglich starrte sie dem grauenden Tag entgegen – einem neuen Tag.

Fünftes Kapitel

Es war spät, als Fritz Cecchi erwachte, und infolge der Ermattung kam er nur nach und nach zum Bewußtsein, als er undeutlich sah, wie Adolf mitten im Zimmer seinen Körper mit einem nassen Handtuch abrieb.

»Wachst du auch noch einmal auf«, sagte Adolf höhnisch.

»Ja«, erwiderte Fritz nur und fuhr fort, den Bruder zu betrachten.

»Du solltest jetzt auch aufstehen«, sagte Adolf in demselben Ton.

»Ja«, sagte Fritz; aber er fuhr fort, ohne sich zu rühren, den starken und unberührten Körper des Bruders anzustarren, dessen Muskeln in lebender Kraft spielten: er empfand eine dumpfe Wut, den erbitterten und kläglichen Zorn eines Überwundenen.

Während er so dalag, den Bruder anstarrte und plötzlich die nackten Arme emporhob und fühlte, wie kraftlos sie waren, und wie er dann mit einem Ruck mit den Füßen gegen das Fußende des Bettes stieß und die Schlaffheit auch der Beinmuskeln empfand – da wurde er plötzlich von einer bleichen und wilden Erbitterung gepackt gegen sich selbst, gegen seinen Körper, gegen sein Geschlecht und gegen sie: die Diebin, die Räuberin, die Verderberin ... *sie!*

Sein Zorn war ein gedankenloser. Er wußte nur das eine: Er hätte sie, wie ein Wahnsinniger, totschlagen können. Totschlagen mit geballten Fäusten. Stück für Stück totschlagen. Sie totschlagen, während sie schrie und lachte. Totschlagen, so daß sie nicht mehr jappte. Mit seinen Hacken und Füßen sie tottreten.

Abermals hob er seine Arme empor und preßte seine Hände zusammen, und er fühlte wieder das Versagen der kraftlosen Muskeln, während er in Wut seine Zähne zusammenriß.

Adolf ging hinaus und warf die Türe zu.

Da sprang Fritz auf und begann nackt, seinen Körper zu untersuchen. Er versuchte einige Übungen und kam damit nicht zustande. Er machte Parterre-Gymnastik, und er konnte es nicht. Die müden Glieder zitterten nur widerspenstig.

Wieder versuchte er es. Er schlug sich selbst. Abermals versuchte er es. Er kniff sich mit seinen Nägeln.

Alles vergebens.

Er konnte nichts.

Er lief mit der Stirn gegen die Wand und versuchte abermals.

Es war vergebens.

Und schlaff setzte er sich vor den großen Spiegel und betrachtete Muskel für Muskel seinen trägen und erschlafften Körper.

So war es also Wahrheit: sie raubten einem alles: Gesundheit, Kraft, Muskelstärke. So war es also Wahrheit: alles wurde einem zerstört: Arbeit, Lebensstellung, Name.

Ja, so war es.

Und es würde ihm gehen wie den andern, und es würde bald mit ihm vorbei sein.

Es würde ihm wie »the Stars« gehen, die zwei Dirnen von Stadt zu Stadt schleppten und sie prügelten – bis sie schließlich ins Irrenhaus gesperrt wurden.

Es würde ihm gehen wie dem Jongleur Charles – der mit der Sängerin Adelina ein Verhältnis hatte –, seine Glieder wurden schlaff wie die eines Trinkers. Dann hängte er sich schließlich auf.

Oder Hubert, der mit der Frau eines Stallknechts durchgegangen war und nun auf Jahrmärkten ritt, oder dem Jongleur Paul, der sich in die »Anita mit den Messern« vergafft hatte und nun Ausrufer in einem Zelt war.

Ja, sie machten ihre Körper zu Heu.

Wieder erhob er sich.

Aber er *wollte* nicht unterliegen.

Und er begann wieder zu arbeiten, seine Muskeln zu peinigen, seine Kraft anzuspannen, jede Fiber in seinem Körper aufzustacheln.

Es ging.

Und plötzlich zog er sich an. Er riß die Kleider auf den Leib, knöpfte sie kaum zu und ging.

Er wollte proben - im Zirkus proben - am Trapez.

Adolf, Aimee und Luise waren bereits bei der Arbeit und hingen in ihren grauen Blusen an den Trapezen.

Fritz zog sich um und begann am Boden zu arbeiten. Er ging auf den Händen, balancierte auf der rechten und auf der linken Hand, so daß sein ganzer Körper zitterte.

Die andern sahen von ihren Schaukeln aus stumm zu.

Dann schwang er sich ins Netz hinauf, plötzlich und eifrig, und kletterte in die Schaukel gegenüber Aimee hinauf. Er schleuderte sich an den Armen hinaus, so daß der schlanke Körper gestreckt wurde, und begann.

Aimee blieb sitzen. Mit schlaflosen, schweren Augen starrte sie unverwandt diesen Menschen an, den sie liebte, diesen *Mann,* den sie liebte und der von einer Liebesnacht bei einer andern herkam:

Jahr für Jahr hatten sie Körper an Körper zusammen gelebt.

Ihre Augen maßen ihn - seinen Nacken, der sie getragen hatte, seine Arme, die sie aufgefangen hatten, seine Lenden, die sie umschlungen hatte ...

Und all die Gewohnheit des Handwerks, all die Kenntnis der Arbeit erhöhte ihre Qual.

Stumm, von fürchterlichen Leiden überwältigt - einem physischen Leiden, das so nur von ihr gefühlt werden konnte -, starrte sie auf Fritz hin, der dort drüben arbeitete.

Aber Fritz erweckte sie:

»Warum fängst du nicht an«, rief er hart.

»Ja.«

Sie fuhr zusammen, und mechanisch richtete sie sich in der Schaukel auf. Einen Moment nur trafen sich ihre Augen. Aber plötzlich sah Fritz ihr weißes Gesicht, die aufgerissenen Augen, den steifen, unbeweglichen Körper, und er begriff alles.

Und in demselben Augenblick empfand er auch einen unüberwindlichen, unbändigen Ekel vor diesem Körper eines Weibes, einen Abscheu, einen Widerwillen gegen die Berührung desselben – eines andern Weibes als dessen, das er liebte.

Einen unbezwinglichen, ihn durcheisenden Widerwillen – gleichsam einen Haß.

»Fangt an!« schrie Adolf.

»Fangt doch an!« rief Luise.

Aber noch zögerten sie.

Dann flogen sie aufeinander zu und trafen sich. Bleich maßen sie einander, und wieder flogen sie. Er fing sie auf, aber sie fiel. Sie begannen wieder, aber er stürzte.

Wieder fingen sie von frischem an – Aug in Auge; mit jedem Augenblick schienen sie bleicher zu werden und beide fielen, Fritz zuerst.

Luise und Adolf lachten laut auf ihren Schaukeln. Adolf rief:

»Na, du hast heut' deinen glücklichen Tag!«

Luise schrie:

»Ihn hat einer mit dem bösen Blick angesehen«, und wieder lachten sie dort oben in den Schaukeln.

Sie setzten beide die Übung fort, und sie mißlang wieder: Aimee ließ los, Fritz schimpfte laut unten aus dem ausgespannten Netz.

Und plötzlich schalten sie alle durcheinander, erregt und erbittert, mit lauten, hohen Stimmen, nur Aimee blieb mit ihren aufgerissenen Augen sitzen, bleich trotz aller Anstrengung ihrer Arbeit.

Wieder schwang sich Fritz empor, und abermals begannen sie. Beide schrien, und beide flogen ab.

Sie flogen einander entgegen, und gleichsam zu gleicher Zeit erwachte bei ihnen beiden dieselbe Wut. Sie fingen einander unter Geschrei, sie umschlangen sich in Wildheit.

Das war keine Arbeit mehr. Das war Kampf. Sie begegneten sich nicht mehr, sie griffen nicht, sie umarmten nicht. Sie rangen nur und packten sich wie Tiere.

Glühend schienen die beiden Körper mitten in der Luft ihre Stärke zu erproben – in verzweifeltem Kampf.

Sie hörten nicht auf. Sie gaben keine Kommandoworte mehr. Sinnlos, in brutalem, unwiderstehlichem Haß tummelten sie sich, gleichsam selbst erschreckt, in einem furchtbaren Faustkampf durch die Luft.

Dann plötzlich stürzte Aimee mit einem Schrei – sie lag einen Augenblick wie leblos im Netz.

Fritz schwang sich in seine Schaukel empor und betrachtete mit zusammengebissenen Zähnen, bleich wie eine Maske, die Überwundene.

Er stellte sich im Trapez auf und sagte:

»Sie kann nicht mehr arbeiten. Wir müssen tauschen – sie nimmt die obere Schaukel, und Luise arbeitet hier.«

Er sprach hart, wie jemand, der zu befehlen hat. Niemand antwortete, aber langsam begann Luise von der Kuppel zu Aimees Schaukel hinabzugleiten.

Aimee sagte kein Wort. Wie ein zusammengebrochenes Tier hatte sie sich nur halb im Netz emporgerichtet.

Dann kletterte sie langsam zu dem oberen Seil in der Kuppel hinauf.

Und sie arbeiteten wieder von neuem.

Aber Fritzens Kräfte waren zu Ende. Selbst die Erbitterung griff ihn an. Seine Arme trugen ihn nicht mehr: Er fiel, und Luise stürzte.

»Was fehlt dir denn«, rief Adolf, »du bist wohl krank?«

»Nimm du die Kuppel – das wirst du wohl noch können – das geht ja nicht.«

Fritz antwortete nicht, er saß gebeugten Hauptes da, als hätte er einen Schlag bekommen.

Dann sagte er – er murmelte es durch die zusammengepreßten Zähne –:

»Ja, wir können ja tauschen – für heute.«

Er stieg vom Netz herab und ging hinaus. Die Knöchel seiner zusammengeballten Hände waren weiß. Ihm war es, als flüsterten die Stallknechte seinen Namen, und er schlich an ihnen voll Scham vorbei, wie ein Hund.

In der Garderobe warf er sich auf die Matratze. Er fühlte seinen Körper nicht mehr. Aber seine Augen brannten.

Er konnte sich nicht ruhig verhalten. Er begann sich wieder zu üben. Wie man einen schmerzenden Zahn peinigt und mit dem Druck des Fingers ein Geschwür zum Schmerzen bringt, fuhr er fort, seine schlaffen Glieder auf die Probe zu stellen.

Er versuchte, wie im Fieber, ob er dies könnte und ob er das könnte.

Er konnte nichts; wieder warf er sich hin, und abermals versuchte er. Und selbst dies Ringen mit den Versuchen ermattete ihn – vergebens – noch einmal!

So verging der Tag. Er wich nicht aus dem Zirkus. Er irrte um die Manege herum, wie das böse Gewissen um das Verbrechen.

Abends arbeitete er mit Luise oben in der Kuppel.

Er kämpfte wie ein Wahnsinniger mit seinen Gliedern, die ihm nicht gehorchen wollten. Er strengte die zitternden Muskeln wie in Verzweiflung an.

Es ging – einmal, noch einmal, noch einmal.

Er flog zurück, er flog hin, er ruhte wieder.

Er sah nichts – nicht die Kuppel, nicht die Logen, nicht Adolf. Nur das Trapez – das, das er erreichen sollte, und Luise, die vor ihm schaukelte.

Dann flog er ab, griff mit einem Schrei – es war, als wenn das Sausen des Blutes sein angsterfülltes Hirn sprengen wollte – nach Luisens Bein hinaus und fiel – hinab in das heftig auf- und abwogende Netz.

Es war in dem ungeheuren Raum still – still, als glaubte man ihn tot.

Da hob Fritz den Oberkörper halb empor. Er wußte nicht, wo er war. Nun besann er sich, und mit furchtbarer Anstrengung sah er wieder die Manege, das Netz und die schwarze Verbrämung der Menschen, die Logen und - *sie*.

Und überwältigt von Verzweiflung, mehr über die Demütigung als über den Schmerz des Falles, hob er auf einmal die geballten Fäuste empor und sank wieder zusammen.

Die drei andern hatten ihre Vorführungen unterbrochen und riefen verwirrt einander zu. Wie ein Blitz war Adolf unten an dem herabhängenden Seil.

Er und zwei Stallmeister hoben Fritz aus dem Netz heraus, und sie stützten ihn, so daß es aussah, als wenn er selbst ging.

Dann erst glitt Aimee langsam an dem Seil herab. Sie ging, als wäre sie blind - sie sah nichts.

Zwei Artisten standen am Eingang.

»Er kann dem Netz dankbar sein«, sagte der eine.

»Ja«, erwiderte der andere, »er wäre schon kalt geworden.«

Aimee fuhr plötzlich zusammen - sie hatte die Worte gehört. Und als sähe sie es zum ersten Mal, maß sie mit einem einzigen langen Blick Netz und Seile und Schaukeln - die hohen, furchtbar hohen Schaukeln.

Der eine Artist folgte ihrem Blick.

»Auch schändlich hoch!« sagte er.

Aimee nickte nur - ganz langsam.

Es war wieder still, und die Vorstellung nahm ihren Verlauf. Fritz war in der Garderobe von der Matratze aufgestanden und saß vor seinem Spiegel. Geschehen war ihm nichts; es war nur die Betäubung vom Fall.

Adolf zog sich an. Lange schwiegen sie still. Dann sagte Adolf: »Das siehst du wohl ein, so geht es nicht weiter?«

Fritz antwortete nicht. Bleich blieb er sitzen und wandte den Blick von seinem eigenen Gesicht im Spiegel ab.

Adolf war fertig, und sie hörten Luise an der Garderobentür klopfen.

»Wirst du noch einmal fertig?« fragte Adolf. »Sie warten.«

Fritz nahm die tickende Uhr von seinem Spiegel herab und ging hinaus, wo die beiden Schwestern stumm warteten. Sie gingen still nach Hause. – Fritz an der Seite Luisens.

Die Demütigung brannte in seiner Seele, als hätte er eine Wunde in seiner Brust.

Sechstes Kapitel

Fritz und Adolf waren längst zu Bett, und Adolf schlief träge, mit offenem Munde, wie Akrobaten zu schlafen pflegen, deren Körper in schwerer Ruhe regungslos daliegt.

Aber Fritz konnte nicht einschlafen; er lag ausgestreckt auf dem Rücken, schlaflos in dumpfer Verzweiflung. So war es denn also geschehen.

So war es denn schon jetzt geschehen. Er konnte nicht mehr arbeiten.

Er umkreiste nur den einen Gedanken: er konnte also nicht mehr arbeiten. Und ganz langsam und ganz matt machte er sich klar, wie das gekommen war – Tag für Tag und Nacht für Nacht. Ruhig und ganz matt sah er das alles vor sich: die blaue Stube und das hohe Bett und sich und sie. Den gelben Saal mit dem Ruheplatz hinter dem Schirm und die Porträts und sich und sie; die Treppe, auf der die Lampe ausging, und sich und sie ...

Und den Garten, in dem er immer wieder umgekehrt war.

Und nun war alles vorbei. Nun erntete er die Früchte.

Er wußte es.

Seine Gedanken wanderten in derselben trägen Weise weiter.

Aber wie er zugrunde gerichtet war, konnte er auch sie zugrunde richten. Ja, das konnte er.

Er konnte eine Nacht dort hingehen und sich die Türe aufschließen. Und wenn er dann dort war – bei ihr, mit ihr, – und wieder machten seine Gedanken halt, und er sah das blaue Gemach und sich und sie –, dann konnte er, dann wollte er klingeln, das ganze Haus zusammenklingeln, bis ihr Mann und die Diener und die Mädchen, alles zusammenlief und sie sahen – *sie*.

Ja, das konnte er!

Ja, das wollte er.

Und plötzlich sagte er, wie er das vor sich sah, noch einmal: »Ja – das will ich – jetzt!«

Alle Ruhe verließ ihn: Ja, warum sollte er es nicht tun? Jetzt, wo der Plan noch frisch, sein Zorn noch neu und seine Gedanken stark waren? Ja, er wollte es jetzt tun.

Und schnell, ohne Licht anzuzünden, begann er seine Kleider zusammenzusuchen, sie anzuziehen – ohne Geräusch, um nicht Adolf zu wecken –, indem er es ständig vor sich sah: sich selbst und sie in der blauen Stube, mitten in der blauen Stube sich und sie. Dort sollte es geschehen.

Er stieß in der Eile an einen Stuhl, und plötzlich blieb er still auf dem Bett sitzen, voller Angst, daß Adolf erwachen könnte. Er durfte nicht aufwachen.

Dann zog er sich lautlos mit zurückgehaltenem Atem weiter an.

Er wollte jetzt fort – er mußte fort!

Er trat zu hart auf und mußte wieder innehalten.

Adolf drehte sich im Bett herum und murmelte:

»Was Teufel gibt's denn?«

Und dann sagte er:

»Wo willst du hin?«

Fritz antwortete nicht. Halb angekleidet, warf er sich unter die Bettdecke, um sich zu verbergen – und er zitterte plötzlich, wie ein ertappter Dieb.

Und bald darauf, als er wieder Adolfs ruhige Atemzüge vernahm, begann er abermals sich weiter anzukleiden, indem er aber im Bett liegen blieb: in fortwährender zitternder Angst, als stehle er seine eignen Kleider – und indem ihm bewußt war, warum er eigentlich dorthin wollte!

Nun war er wieder auf. Er tastete sich vorwärts mit einem Lächeln über jedes Anstoßen, das er vermied, indem er an der Wand entlangging – ohne zu atmen, listig, wie ein Trinker, der sich ungesehen zu seiner Flasche schleicht.

Und es gelang ihm, die Tür zu öffnen und wieder zuzumachen und hinaus und hinunter zu kommen, indem er noch immer schleichend dahinwanderte ...

Und ihm war bewußt, daß er schamlos sei, wie ein Hund.

Und er sagte: Morgen kann ich also auch nicht arbeiten.

Und er wußte: Na - also ganz ins Verderben hinein!

Und er lief - lief nur immer schneller, an den Häusern entlang, in ihrem Schatten ...

Zu Hause hatte ihn niemand gehört - außer Aimee.

Sie folgte ihm - glitt die Treppe hinab, zum Hause hinaus, hinüber auf die andere Seite der Gasse ...

Wie zwei Schatten, die einander jagten, verfolgten sie sich durch die stillen Straßen.

So erreichte Fritz das Palais und das kleine Gitter: Nun war er drinnen, nun erstarb sein Schritt ... Aimee stand in einer Türöffnung verborgen, den Fenstern des Palais gegenüber.

Sie sah ein Licht sich an den Fenstern des ersten Stocks entlang bewegen. Sie sah zwei Schatten hinter den Spitzenvorhängen dahingleiten:

Das waren sie!

Das Licht kam zurück, sie sah die Schatten wieder - dann wurde es ausgelöscht ... Nur ein bläulicher Schein leuchtete still hinter dem letzten Fenster:

Dort waren sie - dort hinter den Scheiben, das waren sie.

Mit zurückgehaltenem Atem, in der Qual der Eifersucht starrte Aimee nach diesen Scheiben hin: Alle, alle diese Bilder kamen und marterten sie zu gleicher Zeit.

All die Bilder, welche die letzte Qual der Verlassenen sind - und die vor ihr, dem Akrobatenmädchen, auftauchten, obschon sie noch keusch war -, es war, als würden sie von lebenden Händen auf diese Scheibe gezeichnet, hinter der er war, hinter der sie sich befanden.

Und ihr ganzes Leben, das in Aufopferung verlebt war; ihr ganzes Dasein, das milde Hingebung gewesen war; alles, was sie gedacht hatte, jeder ihrer zärtlichen Gedanken, jeder gemeinschaftliche Plan – alles sank vor diesen Bildern gleichsam in den Boden – diesen Bildern der beiden Körper.

Ihr ganzes Leben, Stück für Stück, Erinnerung für Erinnerung, Gedanke für Gedanke zerbrach, wurde verschlungen, vernichtet und schwand in dem einzigen: dem Sehnen, dem Sehnen der Verlassenen ...

Es blieb nichts übrig: nicht ihre Hingebung, nicht ihre Zärtlichkeit, nicht ihre Opferwilligkeit – nichts ... Es wurde in ihrem Unglück herabgewürdigt, es wurde in ihrer Verlassenheit verdorben, es fiel in seine Ursprünglichkeit zurück:

Der Trieb – der allmächtige, alles vernichtende Trieb.

Stunden vergingen.

Es war, als könnte Aimee nicht mehr leiden. Wie im Schlaf starrte sie matt nach dem hellblauen Schein hin.

Dann öffnete sich die Gittertüre und fiel wieder ins Schloß.

Das war er!

Und Aimee sah ihn qualvoll, grau in dem grauenden Tag, langsam an sich vorbeigehen.

Siebentes Kapitel

»Aimee«, sagte Luise in einem Ton, als wollte sie sie aufwecken, »schläfst du?«

Aimee erhob nur den Arm – merkwürdig langsam – und band ihre langen Haare auf.

»Man sollte es fast meinen«, sagte Luise.

Und Aimee saß wieder vor ihrem Spiegel, in dem sie ihr eigenes Bild sah – ohne sich zu rühren –, als wenn zwei Schlafende mit offenen Augen einander anstarrten.

Langsam zog sie ihre Bluse an und stand auf und ging hinaus – mit demselben seltsamen Blick, als folgte sie einer unsichtbaren Erscheinung, und mit dem Gang eines Automaten, als wäre die Seele in ihrem toten Körper in Schlummer gesunken.

Luise folgte ihr, und sie gingen beide hinaus in den dunklen Raum, in dem Fritz bereits auf der Schaukel wartete.

Es war, als hätte Aimee niemals so sicher gearbeitet wie heute: wie in mechanischem Tempo machte sie ihre Griffe, ließ los und flog.

Sie arbeitete wieder mit Fritz, und es war, als wirkte ihre Ruhe auf ihn zurück: wie die toten Räder und Teile einer Maschine trafen sie sich, trennten sie sich und trafen sich wieder. Und wieder ruhten sie in den gegenüberhängenden Schaukeln.

Es war, als sähe Aimee in dem ganzen weiten Raum nur das, beständig nur das: seinen Körper.

Diesen spielenden Körper, die bewegte Brust, den atmenden Mund, die Adern, die heiß klopften – das alles konnte still und kalt werden.

Still und ganz kalt.

Diese springenden Muskeln, die Hände, die sie ergriffen, der Nacken, in dem das Leben saß – alles würde still und kalt werden.

Die Arme unbeweglich und die Muskeln wie Stein und die Stirn kalt und der Hals tot und die Brust hoch und still.

Und die Hand dort, die fiel dann so schwer herab, wenn sie aufgehoben wurde.

Arme und Beine und Hände - tot.

Sie arbeiteten wieder. Sie flogen und trafen sich.

Jede Berührung stachelte sie an: Wie warm er auch anzufühlen war, würde er doch kalt werden, wie sehr auch alles an ihm bebte, würde er doch so still werden.

Sie dachte nicht mehr daran, warum. Sie dachte nicht mehr an sich. Sie sah nur das Todesbild, sie sah das, was sie sah.

Ihn - kalt und still.

Und gleich einem Geistesgestörten, der seiner geheimen Manie folgt, wurde sie schlau und falsch. Wie ein Morphiumsüchtiger, der seine Lust befriedigen will, wurde sie überaus erfindungsreich.

Sie bekam die Zähigkeit des Monomanen, der stets nur an eines denkt.

Sie suchte Fritz, den sie lange scheu vermieden hatte.

Als die Probe zu Ende war, fing sie an, allein zu arbeiten. Sie übertrug all die Übungen der unteren Schaukel auf die Kuppel. Sie rief zu Fritz hinunter, und sie hielt ihn in der Manege zurück, indem sie ihn ausfragte und ihn um seinen Rat bat - einschmeichelnd, wie ein Lehrling seinen Meister.

Sie wagte alles dort oben in der Kuppel. Sie spielte mit dem Tode. Dreist lockte sie ihn.

Sie beobachtete seine Unsicherheit, als wollte sie sie messen. Sie suchte Hilfe in seiner Kraftlosigkeit, die er verbergen wollte. Sie versuchte das Gewagteste, und sie rief:

»Wir werden schon zeigen, was wir können! Wir werden uns nicht überflügeln lassen!«

Sie reizte ihn. Er erteilte ihr Ratschläge. Er kletterte an den schwebenden Seilen zu ihr in die Trapeze hinauf.

Sie floh gleichsam vor ihm zwischen den rasselnden Schaukeln. Sie schwang sich von Trapez zu Trapez über die gähnende Tiefe.

Und wie von unwiderstehlicher Macht getrieben, begann er, es ihr nachzumachen, während sie ihn mit ihren Rufen anfeuerte. Sie hatte gleichsam die Kraft des Fiebers in ihrem heftig angespannten Körper, er wandte seine letzte Kraft an, wie im letzten Lebenskampf.

Sie schrie:

»Ça va – ça va!«

Er schwang sich vor und griff:

»Ça va – ça va!«

Die Artisten, die aus- und eingingen, blieben in der Manege stehen und sahen zu.

Er wurde noch eifriger. Er wagte alles, was sie wagte. Von Schaukel zu Schaukel flog sie – wild, mit fliegendem Haar vor ihm, als zeigte sie ihm den Weg.

Sie trafen sich und griffen sich. Ihr Körper war kalt, als umfingen ein paar Marmorarme seinen heißen und zitternden Leib.

Dann hörte sie auf, aber er setzte die Übung fort. Sie saß zusammengekrochen in ihrer Schaukel und stachelte ihn durch gedämpfte, gleichsam knurrende Zurufe an – sie saß im Dunkeln und betrachtete ihn.

Fritz stöhnte und ergriff im Herniedersausen das schwingende Seil: es sah aus, als stürzte er herab – hinaus in das große Dunkel.

Aimee blieb auf ihrer Schaukel sitzen: Sie hörte, wie er dumpf ins Netz fiel. Dann ertönte sein Schritt in der weichen Erde der Manege – Tritte, die schnell erstarben.

Es war ganz dunkel. Nur von der Kuppel her kam gedämpftes Licht. Der ganze ungeheure Raum lag im Schweigen da.

Noch immer saß Aimee zusammengekrochen auf dem Trapez zwischen Netz und Seil. Dann erhob sie sich. Die Haspen der Schaukeln und Schnüre rasselten leise.

Sie wurden emporgehoben und geprüft.

Wie ein Schatten machte sich Aimee im Dunkeln zu schaffen – eifrig, wie in einer Werkstatt.

Die Messingknöpfe der Schaukeln leuchteten, als wären es Katzenaugen.

Sonst war es ganz dunkel.

Leise schlugen die Seile der Schaukeln aneinander.

Sonst war es ganz still.

Lange machte sich Aimee in der Kuppel zu schaffen.

Dann ertönte eine laute Stimme unten aus dem Dunkel der Manege.

Es war Fritz. Er rief:

»Aimee! Aimee!«

»Ja, ich komme!« lautete die Antwort.

Aimee erfaßte das rechte Seil. Langsam glitt sie herab, als schwebte sie einen Augenblick schweigend über ihm, der unten wartete.

»Ich komme«, sagte sie wieder und war bei ihm.

Achtes Kapitel

»Die vier Teufel« sollten Benefiz haben.

Es war am Abend vorher - nach der Vorstellung. Das Publikum ging vom Zirkus nach Hause.

Adolf klopfte an Aimees und Luisens Tür, und sie gingen alle vier den Gang entlang.

Keiner von ihnen sprach ein Wort, und still setzten sie sich an ihren gewöhnlichen Tisch im Restaurant. Die Seidel wurden gebracht, und sie tranken schweigend. Es war, als führte Aimee selbst die kleinste Bewegung - schon die Art, wie sie das Glas anfaßte - mit Überlegung aus und so langsam, als wenn sie alles, selbst das Geringste, abmessen wollte.

In dem Restaurant ging es lärmend zu. Bib und Bob feierten ihren Geburtstag, und ein Kreis von Artisten setzte sich rings um ihren Tisch.

Einer machte Taschenspielerkunststücke, und der Clown Trip ahmte einen gewissen Rigolo nach, indem er sein Hintergestell hin- und herdrehte.

Die »Teufel« blieben allein für sich in ihrem Winkel sitzen.

Still verschwanden die Ballettdamen, die wartend an den Wänden gesessen hatten - sie wurden von eiligen Herren abgeholt. An einem Seitentisch spielten die Agenten Karten.

Die Clowns fuhren fort, Lärm zu machen. Einer von ihnen spielte auf der Okarina, und ein halbes Dutzend Cri-cris antworteten. Der Clown Tom überreichte als Geburtstagsgeschenk dem Kollegen Bob einen Kohltopf, der mit Schnupftabak gefüllt war, und alle begannen zu schnupfen und zu niesen, wie im Chor zu schnupfen und zu niesen, während die Cri-cris schrien. Oben auf dem Tisch ahmte der Clown Trip noch immer den Rigolo nach mit seinen Drehungen und Windungen.

Die »Teufel« saßen noch immer still.

Der »Plakatmann« kam mit dem Kleistertopf und der Tasche herein und schlug an den beiden Tafeln die Programme für morgen an. Der Name »Les quatres diables« stand dreimal darauf.

Adolf stand auf und ging hin und betrachtete das Programm. Er bat einen der Agenten, es ihm zu übersetzen, und der Agent stand vom Spieltisch auf und übersetzte langsam aus der fremden Sprache – während Adolf zuhörte –:

> »Indem wir ein hochgeehrtes Publikum und alle unsere Gönner versichern, daß wir zu dieser unserer Vorstellung alles aufbieten werden, zeichnen wir ehrerbietigst
>
> Les quatres diables.«

Adolf nickte, indem er Wort für Wort den fremden Text verfolgte. Dann kehrte er zum Tisch zurück und starrte nach dem Plakat mit seinen merkwürdigen Buchstaben hin, maß es mit zufriedenem Blick und sagte:

»Schöne Buchstaben.«

Und Luise und Fritz standen auch auf und gingen hin und besahen es – einer nach dem andern.

Die Cri-cris kreischten, als sollten alle Trommelfelle gesprengt werden. Der Clown Tom musizierte, indem er kleine pfeifende Instrumente in seinen aufgerissenen Nasenlöchern anbrachte.

Auch Aimee hatte sich erhoben. Sie stand still hinter Fritz und Luise, während der Agent fortfuhr, dieselben Worte zu übersetzen:

> »Zeichnen wir ehrerbietigst
>
> Les quatres diables.«

Luise lachte, da sie sich mit der fremden Sprache fast die Zunge zerbrach; und sie begannen sich über die Buchstaben und Laute lustig zu machen, die der Agent ihnen vorsagte, diese merkwürdigen Laute, indem sie beide denselben Satz nachspotteten: »zeichnen wir ehrerbietigst« –

Es klang so komisch, daß die andern hinzukamen; und sie begannen alle – die Clowns und die Gymnastiker und die Damen – zu lachen und zu rufen und nachzuspotten, laut, jeder in seiner Sprache, wobei alles im Lachen ertrank – dieselben Worte in einem großen, lauten, spottlustigen Chor:

»Zeichnen wir ehrerbietigst

Les quatres diables.«

Die Cri-cris schreien. Hoch oben auf zwei Tischen wendet sich Trip in seinen Rigolo-Drehungen.

Da lachte auch Aimee, laut und lange – als letzte von allen, während ganz allmählich der Lärm nachließ.

Die Teufel kehrten zu ihrem Platz zurück.

Adolf holte Geld vor und legte es neben ihre Seidel. Dann standen die drei auf, aber Fritz blieb sitzen. Er wollte noch nicht nach Hause.

»Gute Nacht«, sagten Adolf und Luise.

»Gute Nacht«, erwiderte Fritz nur und rührte sich nicht.

Aimee blieb stehen; einen Augenblick betrachtete sie ihn, maß ihn, als litte sie noch einmal bei dem Gedanken an diese letzte Nacht.

»À demain, Aimee«, sagte er.

Langsam wandte sie den Blick von ihm ab: »Gute Nacht! «

Sie ging in den großen Gang hinaus. Hier war es dunkel. Die Laterne des Plakatmannes stand am Boden – das gelbe Papier des Plakats leuchtete ihr in dem Lichtschein entgegen. Die beiden andern warteten bereits vor der Türe. Sie folgte ihnen allein.

Zwischen den hohen Häusern war es tot und still.

Aimee betrachtete die großen Steinmassen mit den Fenstern darin, ihren Augen, den fremden Augen.

Der Himmel war hoch und klar. Aimee blickte nach den Sternen empor, von denen man sagte, daß sie Welten seien, andere Welten.

Und dann sah sie wieder nach den Häusern und Türen und Fenstern und Laternen und den Pflastersteinen hinüber – als wäre jedes

Ding ein merkwürdiges Wunder –, das sie zum ersten, einzigen Mal sähe.

»Aimee«, rief Luise.

»Ja, ich komme.«

Wieder starrte sie nach den langen Häuserreihen hin, die dunkel und verschlossen dalagen – Steinhaus an Steinhaus –, zwischen denen ihre Schritte erstarben ...

Hinter ihr schrien die schmetternden Cri-cris, und sie hörte die Clowns lachen.

»Aimee«, rief Luise wieder.

»Ja.«

Aimee holte sie ein. Die beiden standen Arm in Arm unter dem Schein einer Laterne und warteten auf sie. Luise warf den Nacken zurück und blies den Atem leicht in die Luft hinaus:

»Mein Gott«, sagte sie, »kommst du denn nicht mit?«

Und wie sie auf Adolfs Arm gelehnt im Licht der Laterne dastand, blickte sie die tote und unbekannte Straße hinunter, aus der sie soeben herkamen und deren Halbdunkel sich hinter ihr schloß.

»So eine Gasse finde ich gemütlich!« sagte sie.

Und sie begannen wieder lachend die drei hochkomischen Worte nachzusprechen: zeichnen wir ehrerbietigst, und sagte dann, indem sie noch ein letztes Mal den Blick die tote Gasse entlang schweifen ließ:

»Ja, wie die wohl heißen mag?«

»Ach«, meinte Adolf, »man passiert so viele Gäßchen.«

Und sie gingen weiter – in die nächsten Häuserreihen hinein.

Fritz war sitzen geblieben. Die andern, die am Clownstisch, luden ihn zu einem Glase ein. Er schüttelte aber nur den Kopf. Und einer der Clowns rief:

»Ach, er hat etwas Besseres vor – gute Nacht.« – Und alle lachten.

Die andern erhoben ihre Gläser und fuhren fort zu lachen: Bib und Bob hatten sich eine Angel hergerichtet und angelten alle Hüte der Artisten von den Kleiderhaltern herunter.

Fritz stand auf und ging zur Restaurationstür hinüber, die nach der Straße offenstand, und setzte sich an einen Tisch draußen auf dem Vorplatz unter ein paar Lorbeerbäume.

Eine unendliche Langeweile, ein namenloser Ekel hatte ihn überkommen.

Er sah die flüsternden Paare, die auf- und abgingen und sich aneinander drückten. Im Dunkeln schnäbelten sie sich und lachten verliebt. Die Frauen drehten sich wollüstig, und die Männer scharwenzelten und brüsteten sich voreinander, wie die Tiere des Feldes, die sich paaren wollen ...

Plötzlich lachte Fritz kurz und scharf auf.

Er dachte an den Clown Tim, den sie den Herrn mit den Hunden nannten - ja, Tim hatte recht.

Und Fritz sah diesen Tim vor sich mit seinem stillen, unbeweglichen, traurigen Gesicht, das dem einer Bildsäule glich, mit dem feinen, roten, geschweiften und schwermütigen Munde - dem Munde eines Weibes.

Fritz sah ihn daheim in seinem Logis, in der großen Stube, in der er ein ganzes Haus für seine Hunde aufgebaut hatte - ein zweistöckiges Haus, in dem alle Hunde wohnten, übereinander ...

Dort lagen die Tiere, jedes in seinem Raum für sich, still, den Kopf durch die Öffnung hinausgestreckt, und starrten nur immer mit Augen vor sich hin, die ebenso traurig waren wie die Tims.

Und Tim saß mitten unter ihnen.

Was für eine stille Gesellschaft das war.

Alle diese Hunde waren kastriert - und Tim meinte, diese Tiere wären menschlicher als die Menschen.

Ja, Tim hatte recht: Die Menschen waren Tiere. Und die Augenblicke des Lebens, in denen wir lebten, waren tierisch.

Tiere waren sie - Tiere, die sich befriedigen wollten.

Toren waren sie; Toren waren wir alle.

Wir hegten und pflegten uns, wir arbeiteten - mit tausendfältiger Mühe. Wir gaben Tage, Jahre, unsere Jugend, unsere Kraft, die Frische unseres Hirns hin - und eines Tages hat das Tier sich in uns erhoben, das Tier, das wir nun einmal sind.

Fritz lachte. Und er belastete unwillkürlich diesen seinen Körper, den er ein ganzes Leben lang gepflegt und in einem Vierteljahr zugrunde gerichtet hatte.

Ein Artist kam durch die Türe heraus. Er wartete einen Augenblick, dann kam auch seine Frau heraus, und sie watschelten längs des Trottoirs davon.

Fritz sah ihnen nach und fuhr fort zu lachen.

Und dann die, die sich verheirateten. Verloren diese nicht ihre Körper? Die sich für Lebenszeit paarten, die ihr tägliches Brot aßen und der Fortpflanzung dienten.

Wie dicke Drohnen schwollen sie auf und legten sich einen Bauch zu bei ihrem regelmäßigen Leben! Und sie zogen Kinder auf zur Fortsetzung dieses Lebens.

Toren - Toren!

Fritz blieb stehen und starrte nach den auf und ab wandernden Paaren hin. Sie wurden immer zärtlicher und suchten den Schatten auf.

Drinnen lärmten die Clowns. Die Cri-cris schrien. Es klang über alle Köpfe hinaus, in alle Gesichter hinein, zu all diesen Paaren - wie ein Triumphgesang der Dummheit.

Fritz stand auf.

Er schleuderte ein Geldstück auf den Tisch.

Dann ging er.

Drinnen in der Restauration stieg der Lärm. Sie brüllten, sie schrien und lachten. Fritz begann zu singen. Und alle fielen pfeifend, schreiend und kakelnd ein: mit Clownsgrimassen, mit Gebärden aus der Manege, mit verdrehtem Munde sangen sie:

Amour, amour,
oh, bel oiseau,
chante, chante,
chante toujours.

Draußen auf dem Vorplatz blieb man stehen. Die Paare sahen durch die Fenster hinein und lehnten sich aneinander und lachten.

Dann summten sie zu zwei und zwei die Melodie der Clowns. Bis weit hinaus in die Dunkelheit hörte man sie summen:

Amour, amour,
oh, bel oiseau,
chante, chante,
chante . toujours.

Fritz war auf den Platz hinausgekommen. Drinnen sah er die verrückten Clowns, draußen die Liebespaare die Köpfe leicht im Takt bewegen.

Und plötzlich begann der Akrobat zu lachen: an eine Laterne gelehnt, lachte und lachte er - wild, wahnsinnig, ohne sich beherrschen zu können.

Da kam ein Vertreter der Ordnung auf ihn zu und starrte diesen Herrn im Zylinderhut an, der die öffentliche Ruhe störte.

Aber der Herr fuhr nur fort zu lachen, so daß er sich schüttelte, indem er zu singen versuchte:

Amour, amour,
oh, bel oiseau,
chante, chante,
chante toujours.

Da fing auch der Wächter der Ordnung zu lachen an - ganz urplötzlich, ohne zu wissen, warum.

Aber drinnen fuhren sie fort:

Amour, amour,
oh, bel oiseau,

chante, chante,
chante toujours.

Fritz drehte sich um.

Er ging – dorthin!

Neuntes Kapitel

Noch einmal erdröhnte der Beifall, und Luise erschien wieder.

Dann begannen die Stallmeister, das große Netz zusammenzuziehen. Es klang, wie wenn das Großsegel gehißt wird, während die Musik schwieg.

»Herr Fritz und Mlle. Aimee werden den großen Sprung ohne Netz ausführen.«

Ein paar Stallknechte harkten mit großem Eifer den Sand der Manege glatt. Dann war alles fertig. Wie eine salutierende Garde warteten die Stallmeister, als der »Liebeswalzer« wieder ertönte.

Fritz und Aimee kamen Hand in Hand hinein. Grüßend verneigten sie sich mitten unter den zugeworfenen Blumen. Dann schwangen sie sich hinauf an den langen wartenden Seilen.

Die Augen Tausender folgten ihnen.

Nun waren sie oben. Eine Sekunde ruhten sie sich aus, Seite an Seite.

Wie ein Schauder durchfuhr es die Menge, als Fritz losließ und dahinflog - ein Schauder, der wie über einen einzigen Körper hinzitterte.

Aber niemals hatten sie sicherer gearbeitet. In der atemlosen Stille griffen ihre Hände fest um die rasselnden Schaukeln.

Fritz flog hin und zurück.

Aimees Augen hingen an ihm - groß und mattglänzend, wie ein paar Lampen, die bald erlöschen werden.

Der Walzer schwoll an, und das Spiel der Schaukeln wurde heftiger.

Wie aus atembeklemmter Brust kam der angsterfüllte Beifall.

Nun löste Aimee ihr Haar auf, als wollte sie sich in einen dunklen Mantel einhüllen; aufgerichtet wartete sie in der Schaukel vor Fritz. Die großen Sprünge begannen.

Sie flogen, sie sausten dahin. Wie der Schrei der Vögel tönten ihre Kommandoworte über der Musik hin, und es war, als wenn die Gedanken aller sich verwirrten.

»Aimee, du courage!«

Er flog wieder.

»Enfin du courage!«

Er griff wieder zu.

Aimee sah nur ihn – seinen Körper; es war ihr, als leuchtete er.

Der Beifall ertönte wieder dröhnend! Der Walzer schwoll an, er jubelte förmlich.

Fritz wartete auf sie.

Aimee wußte nichts weiter, als daß sie plötzlich ihre Hand emporhob und, sich weit von der schwebenden Schaukel hinaufschwingend, die Haspe löste, an der sie hing.

Und Fritz flog daher.

Sie sah nichts mehr, und es ertönte kein Schrei.

Nur ein Geräusch, als fiele ein Sandsack auf den Boden der Manege, als sein Körper niederfiel.

Ein Tausendstel eines Augenblicks wartete Aimee auf ihrer Schaukel: Sie wußte erst jetzt, daß der Tod eine Wollust ist – dann ließ sie los, schrie auf und stürzte hinab.

Als wenn alle Fesseln gesprengt würden, waren Hunderte voll Entsetzen geflüchtet. Männer setzten über die Barrieren und liefen davon, Frauen strömten in den Eingängen zusammen und flüchteten.

Niemand wartete, alles floh. Der Schrei der Frauen klang, als würden sie mit Messern gestochen.

Drei Ärzte liefen herbei und knieten bei den Leichen nieder. –

Dann war es still geworden. Als wenn sie sich verbergen wollten, schlichen die Artisten in ihre Garderoben, ohne sich auszuziehen. Bei jedem Laut fuhr man zusammen.

Ein flüsternder Stallknecht kam zu den wartenden Ärzten hin, und sie hoben die Leichen auf und legten sie in dasselbe Segeltuch.

Stumm trugen sie sie hinaus - durch den Gang und den Stall, wo die Pferde in ihren Ständen unruhig wurden. Die Artisten folgten, ein seltsamer Trauerzug - in den mannigfaltigen Kostümen der Pantomime.

Der große Rüstwagen wartete.

Adolf stieg hinauf und legte sie dort in das Dunkel - beide, zuerst Aimee und dann den Bruder, nebeneinander hin. Ihre Hände waren so dumpf auf den Boden des Rüstwagens niedergefallen.

Dann fiel die Tür zu.

Man vernahm wieder einen Schrei, und eine Frau stürzte vor und klammerte sich an den Wagen.

Das war Luise; sie trugen sie langsam fort.

Ein Kellner des Restaurants lief den langen, öden Gang entlang - voll Angst wie in Gespensterfurcht mitten in all der Helligkeit.

Er schrie nach einem Arzt.

Eine Dame läge in der Restauration in Krämpfen.

Einer von den drei Ärzten eilte herbei, und es wurde nach einem Wagen gerufen.

Er fuhr vor - mit prangendem Wappen auf den Türen, und eine Dame wurde, vom Arzt gestützt, hinausgeführt. -

Ihre Equipage mußte einen Augenblick halten. Der Rüstwagen versperrte die Gasse.

Dann kam die Equipage vor und fuhr weiter.

Auf der Straße war viel Licht und Gedränge.

Zwei junge Leute waren unter einer Laterne stehengeblieben. Mit frohen, forschenden Blicken schauten sie über den großen Platz hin.

Zwei andere kamen hinzu und erzählten von dem »Ereignis«.

Es wurde etwas geflucht, und man erklärte mit vielen Handbewegungen. Dann zogen die beiden Neuigkeitsbringer weiter.

Die beiden andern Herrn blieben stehen.

Der eine von ihnen schlug mit dem Stock auf die Pflastersteine.

»Na«, sagte er, »mon dieu – pauvres diables! «

Und gleich darauf begannen sie wieder, die Augen auf die wimmelnde Menge gerichtet, zu summen:

Amour, amour,
oh, bel oiseau,
chante, chante,
chante toujours.

Die Stöcke mit den Silberknöpfen leuchteten. Die jungen Männer schlenderten in ihren langen Mänteln weiter:

Amour, amour,
oh, bel oiseau,
chante, chante,
chante toujours.

tredition®

Über tredition

Eigenes Buch veröffentlichen

tredition wurde 2006 in Hamburg gegründet und hat seither mehrere tausend Buchtitel veröffentlicht. Autoren veröffentlichen in wenigen leichten Schritten gedruckte Bücher, e-Books und audio-Books. tredition hat das Ziel, die beste und fairste Veröffentlichungsmöglichkeit für Autoren zu bieten.

tredition wurde mit der Erkenntnis gegründet, dass nur etwa jedes 200. bei Verlagen eingereichte Manuskript veröffentlicht wird. Dabei hat jedes Buch seinen Markt, also seine Leser. tredition sorgt dafür, dass für jedes Buch die Leserschaft auch erreicht wird.

Im einzigartigen Literatur-Netzwerk von tredition bieten zahlreiche Literatur-Partner (das sind Lektoren, Übersetzer, Hörbuchsprecher und Illustratoren) ihre Dienstleistung an, um Manuskripte zu verbessern oder die Vielfalt zu erhöhen. Autoren vereinbaren direkt mit den Literatur-Partnern die Konditionen ihrer Zusammenarbeit und partizipieren gemeinsam am Erfolg des Buches.

Das gesamte Verlagsprogramm von tredition ist bei allen stationären Buchhandlungen und Online-Buchhändlern wie z. B. Amazon erhältlich. e-Books stehen bei den führenden Online-Portalen (z. B. iBookstore von Apple oder Kindle von Amazon) zum Verkauf.

Einfach leicht ein Buch veröffentlichen: **www.tredition.de**

Eigene Buchreihe oder eigenen Verlag gründen

Seit 2009 bietet tredition sein Verlagskonzept auch als sogenanntes "White-Label" an. Das bedeutet, dass andere Unternehmen, Institutionen und Personen risikofrei und unkompliziert selbst zum Herausgeber von Büchern und Buchreihen unter eigener Marke werden können. tredition übernimmt dabei das komplette Herstellungs- und Distributionsrisiko.

Zahlreiche Zeitschriften-, Zeitungs- und Buchverlage, Universitäten, Forschungseinrichtungen u.v.m. nutzen diese Dienstleistung von tredition, um unter eigener Marke ohne Risiko Bücher zu verlegen.

Alle Informationen im Internet: **www.tredition.de/fuer-verlage**

tredition wurde mit mehreren Innovationspreisen ausgezeichnet, u. a. mit dem Webfuture Award und dem Innovationspreis der Buch Digitale.

tredition ist Mitglied im Börsenverein des Deutschen Buchhandels.

Dieses Werk elektronisch lesen

Dieses Werk ist Teil der Gutenberg-DE Edition DVD. Diese enthält das komplette Archiv des Projekt Gutenberg-DE. Die DVD ist im Internet erhältlich auf **http://gutenbergshop.abc.de**